诗情履趣
共潮生

目录

Contents

大美中国——

诗情履趣共潮生

叶静 ◎ 著

三环出版社
SANHUAN PUBLISHING HOUSE

图书在版编目（CIP）数据

诗情履趣共潮生 / 叶静著. -- 海口：三环出版社
（海南）有限公司，2024. 9. --（大美中国）. -- ISBN
978-7-80773-295-2

Ⅰ. I267

中国国家版本馆 CIP 数据核字第 202447M3Q2 号

大美中国　诗情履趣共潮生

DAMEI ZHONGGUO　SHIQING–LÜQU GONG CHAO SHENG

著　　者	叶　静
责任编辑	劳如兰
责任校对	华传通
装帧设计	吕宜昌
出版发行	三环出版社（海口市金盘开发区建设三横路 2 号）
	邮　编　570216　邮　箱　sanhuanbook@163.com
社　　长	王景霞　**总编辑**　张秋林
印刷装订	三河市同力彩印有限公司
书　　号	ISBN 978-7-80773-295-2
印　　张	13
字　　数	150 千字
版　　次	2024 年 9 月第 1 版
印　　次	2024 年 9 月第 1 次印刷
开　　本	690 mm × 960 mm　1/16
定　　价	68.00 元

孩子,我领你来看瀑布

　　你在刚会听、说的时候,我就教会了你背诵李白的《望庐山瀑布》,可你认识瀑布吗?你知道它是从哪儿来,又将到哪儿去吗?

　　孩子,来,我领着你观看瀑布,领略一下大自然给我们的博大精深的启迪。

　　瀑布原本不从天上来,它是从大山里来,就像孩子你从大山里来一样,那么简单,那么欢快。当你从大山母亲的怀抱走出来,它还是那么孱弱、那么纤细,姗姗的脚步总也走不出大山的胸怀、大山的视线。然而,它终究要走出去啊,纵然碰上一百次崖壁,拐上一千道弯弯,跌翻一万个跟头,它的目标不变,它的信念永恒。孩子,你看不见它那一段长

◎ 孩子,我领你来看瀑布 刘金华 摄

长的探索，只有山风知道，只有山月知道。它的不可更改的初衷感动着大山，大山为它让开一条蹊径；它的不屈的气概感染了云雾，云雾为它默默地致意。走过漫漫寒冬，一路山花为它拍红了手掌，转过嶙峋山嘴，一山春鸟为它婉转啼唱。

孩子你看，瀑布来了！

瀑布来了，是大山把它送了出来，带着山岚雾霭，裹着风雨雷电，携着山花鸟鸣，挟着寒气骄阳。它站在了人们景仰的位置，向这世界放眼俯瞰。它看见了人们的田塍、庄稼、房屋和家园，它看见了劳作的汗水、屋顶的炊烟、村头宁静的黄昏、庄外和乐的喧哗。于是，它要走下去，走到人民中间去。是的，从高高的位置下去同样是不容易的，胆量、气魄、精神、风格全都裸挂在悬崖上了。下去，它原来并没有想到，会有雷鸣般的掌声响起来，

在它的身前身后化作欢喧的礼赞。

孩子你看，瀑布下来了。它的凌空飞渡的形象，它的气冲斗牛的风采并没有改变。现在，我们看见它在我们一样的高度，大写着自己不懈的追求。分一股到田野去吧，你听那庄稼的呼唤和农民一样急切；分一股到涵道去吧，试想那水轮机因你而歌唱得何等狂欢；分一股给竹笕吧，母亲会记住那细细的叮咛；分一股与未来的孩子吧，让他们润泽的笔尖绽放三月的奇葩；其余的继续向前，继续谱写滋润人心的美妙心曲。

你看，你看，瀑布走了，但你的眼睛会失去风景吗？你的耳边会停歇歌唱与呐喊吗？千年古崖会突然枯竭吗？瀑布是走了，我们也会走的。你的老祖父和祖父都走了，他们的一生或许只是一条溪流，没能成为瀑布，但他们和瀑布一样，都从山里来，都到山外去。孩子，及至你，也会走的，你能像这眼前的瀑布一样，孤寂时畅想大海，弱小时自强不息，居高而见稼禾，位卑不忘母恩吗？

独坐花果山

　　春天的花果山人来人往，是很热闹的一个去处。可是现在正是黄昏时候，天边又涌起了些乌云，越发地显得这个有点名气的所在更加静谧了。除了几个中年母亲带着她们的孩子在识别几种花草，偌大的山坡闲林真正清闲了下来。

　　我喜欢这种薄暮的宁静，就像喜欢独自一人在某一个渡口等待，等待微波粼粼的河面上突然驶来一条船，那上面坐着我盼望已久的黄昏归客；或者在一个小站的一隅，将一位朋友送上车子，然后一个人依然定格在那里，任凭站外暮色阑珊，任凭回家的急促的车铃声喇叭声竟至于无。喜欢在黄昏里独坐，也许是一个人的怪癖，然而对于我来说，这已经是一种习惯。我看见白鹭们也是在这时候回来，坐在它们曾经稔熟的枝头，相互点一点头，偶尔发出一两句在你我看来比方言还要难懂的语音。花果山的白鹭是一个掠人眼球的亮点，不但数量多，而且品行好，它们早出晚归，成双结对，恋守故巢，从一而终。即使是一棵巨大的法梧树或者白杨树，它们也能很好地待下去，经年累月，鹭影翩翩。

　　花果山的白鹭是一个独特的品种，纵然眼下我还难得给它们一个种类的归属，但可以肯定，这是白鹭种群中的珍稀物类。

每年春天，都要从这儿飞出很多幼雏，当然也有很多孵化得将成未成的鹭蛋跌落在硬坡上，砸碎在公路上，引起路人一阵阵的叹息。说不定在我独坐的这片斜坡，一会儿可能就有一枚带着体温的蛋落下来，啪的一声碎作一张五色拼图。

独坐中等待的失落莫过于此。黄昏的渡口，一篙青竹撑来的不应该是一个落水的噩耗；寂寂小站，一声汽笛带走的也不应该是一声叹息。

混合着各种花草清芬的晚风一遍遍拂过眉棱鼻翼，间或夹杂着小小顽童尖声的厉叫。云隙里露出月亮半个脸来，转瞬之间就隐去了，春天的花果山，花果山的夜晚，正是从这时开始的。

月亮现一现，是雨迹的兆示。首先是树叶子上有了响声，细密的，参差的，然后脸上手上有了感觉，微凉的，点滴的。暮色四合中，还有什么让人感到惊惧的呢？我仿佛坐在一片叶子上，头顶上还有一片叶子——人原来就坐在两片叶子中间，雨水和时间以及过眼烟云都只是瞬间的事情，恒久的是坐。我了解了白鹭在白天何以总是站立。站立，除了飞翔就只有站立，原来它把坐姿留给了夜晚，留给了树巢和栖息。而人则相反，工作即是公坐，大家在一起安坐，抽烟，喝茶，谈天，填写表格，复制文字，模拟声音……在窗外下起小雨时打个电话预约一把伞。

雨也许要持续地淅沥下去，对于我是一种较量。尽管我的独坐和等待毫无来由，然而我不知道人是不是大都这样，喜欢自己跟自己较劲，喜欢拿自己的外在得失换取心理的平衡。我早些年读英国浪漫派散文的时候，常常坚持这种观点，以为浪漫的起点源于无奈，源于苦笑和悲戚，像本土高士屈平原、陶五柳、李青莲诸位，把浪漫坚持到走投无路的境地，最后让痛苦破壳而出，羽化成一扇扇脱离了原形的小翅膀，在后人的不解与顿悟里翩翩起舞，世代超生。

在雨中感触这些杨花柳絮似的心灵之轻，似乎已经没有什么意义，鹭既瞑瞑，人也寂寂。况且山下已是灯火阑珊，而屋外的园子里又到了"夜雨剪春韭"的时候。花果山的花卉在此时只剩下了一个名字，夜色调和着色彩与香味，怂恿着一些无名小花尽量发出自己的馨香。高大且端庄的梧桐和白杨，还有香樟，都只是夜色里的隐喻，如同这座山的名字一样，没有什么不可更改，也没有什么不能遮蔽。

突然想起朱自清的《荷塘月色》，倒不是爱着那荷塘，而是记取了那一截阴暗的煤屑路。穿过那一截黑魆魆的小路要有点儿勇气，但前面既然是荷塘，也就在所不顾了。也许有不少读者在阅读先生这篇大作时，往往忽视这截小路，"今晚却很好，虽然月光也还是淡淡的"。选择是需要勇气的，尽管只是将脚向前迈出去。往回说，就如我选择在花果山黄昏独坐，也是颇费踌躇的，并非完全不担心别人说你怪癖，而是春天的黄昏，黄昏的幽僻，幽僻的雨夜……会滋生出几多联想，会旁逸出几多乖张。

有一只鹭改变了一下坐立的姿势吧，弄出一点响声，旋即复归宁静。花果山竟至于成了一颗黑葡萄般的眸子，在四围荧荧的灯火中黑着，醒着，等待着。如果仅仅是为了等待明天的游客，它完全有理由睡去，可是它似乎另有原因，它醒着，黑着，等待着……

山中夜色

　　没有什么目的，我们一个劲地跑向山顶。也许暴雨就要来了，山脚下酷热难当，全身的衣服都湿透了，连喘息也拧得下汗水来。

　　可以这么说，如果不是喝了那么多的酒，我们绝不会果断地采取这个举动。我们仿佛一群疯子，邀约上山绝没有一个拖腿的，说走就走，直到夜色来临时也没有人反悔。

　　铁锅背在背上，水壶背在背上，饼干咸菜和酒也背在背上，背在背上的还有榔头和铁铲，还有就要来的雨云，还有不过瘾的热风。

　　我们一行四人，登山的姿势也许很不雅观，甚至像溃逃的散兵，像难民。四个小时之后，我们到达了山顶。这座山是江淮的分水岭，海拔1100多米，在顶上极目四望，到处的炊烟已经或高或低地升起来，像一些纤纤的手臂。在山顶上看炊烟竟是一种奇观，数不清的直的斜的弯的横的线条，袅袅娜娜，经经纬纬，仿佛在织一件夏日的衣装。但是没过多久，浓浓的夜色就充塞在眼底下，一望迷茫，终于连方位也辨不清楚了。

　　于是起灶，架锅，寻水，拾柴，全都忙得不亦乐乎。白衬衫在山顶下面的斜坡上晃动起来，火舌在凉爽的山风中晃动起来，周围有惊鸟飞起，有不知名的小兽怪叫着，青草丛中偶尔跳出一只野兔或是松鼠，擦着火堆而过，我们说又一份口福自己跑来了，然而它又跑走了。

◎山中夜色　刘金华　摄

山上雾大，因而看不见天上的星，火光却让我们看见了自己。这是怎样的一种形象啊，大家互相对望着，黑的鼻子，花的眼圈，头发纯粹就是蓬飞草；衣装不整，鞋袜放在一边。真庆幸，在暗夜的火光中，我们发现自己竟是这么一种面目、一个形象、一副状态。人原来一直在掩藏着自己的本真，自从亚当和夏娃以后，很少再有人在大自然的怀抱里这么毫无顾忌地袒露着、直陈着。你还不知道吧，这四个人一旦返回到山下，走进众生中去，竟然都是所谓的领导……

没有什么话不能说，即使你的心思黑得像这夜色，大山也不会计较你。吹到耳边的每一丝风都那么清凉，飞到眼前的每一只小甲虫都那么可爱。吃着亲手烤的食品，饮着从山下背上来的烈性酒，喝着从石头缝里接来的山泉水，睡在太平天国将士们凿平的大石板上，聆听无边的天籁，不说话的时候，那就是思想在畅饮哲理的琼浆。夜幕沉沉，夜色凝重。"这是黑格尔的'黑'！"睡在"茅草席梦思"上的同志说这话的时候，我们忘记了他是我们最高的领导，于是我们一个劲地拿他开玩笑，跟他讨论原初哲学。

"湿润的空气抵抗不住她魅力的诱惑而聚集在她周围，女神在空气的掩映下，尽情地呼吸着，舒展着身子，直到威力无比的太阳神到来……"17世纪英国散文家、诗人莱·亨特在《一个夏日的描述》里这么描摹过夏天的夜晚，现在我们也正在等待着太阳神的到来。试想，高山日出该是多么壮观的景象啊！它将一点一点挤掉大块的夜色，一缕一缕取下这密密的雾纱，一层一层揭开大山的翠色。当一个异样的山中之夜即将结束的时候，我们就要收拾东西，整好装束，把自己还原成一个模样整齐的人，然后衣冠楚楚地走下山去，走进鸡鸣犬吠和生活的常规中，至于这一夜只好永远留在忆念之中，让它随着逝去的时光一点一点褪去本来的颜色。

　　真正的夜色在每个人的背后，永远也褪不去。

陪一棵树坐坐

那天暑气还没有减退，夕阳酡红着脸，在山冈上停了片刻，便不见了。路边的小山坡上长满了青草，其中最多的是夏枯草，眼下正在开着绿色的小花；也有野草莓、红的浆果掩在绿的叶子下面。

我在一条陌生的路上行走着，觉得有些累了，便选择一块草毯坐下来，看萤火虫飞舞，听太阳落山时四周响起的天籁。这时候，许多小生命在酷热慢慢退去之后一齐鲜活起来，原本不爱唱歌的小虫子此时都放开了喉咙。我心里幽幽地想，今天的一只小虫子也许明天就化成了蛹，或者变成了蛾，瞬息就老死了，只有路边的这些树木沉静地挺立着，等待又一个黄昏的到来。

我喜欢沉静，不爱一有空就去蹦迪、泡吧、打游戏机，于是常常坐在一棵树旁边，就像今天傍晚这样，陪着一棵树度过一天的最后一段时光。在太阳把对面的山头染得微红的时候，一些从我眼前飞过的小虫子也变得有了光彩。我就想到，人是介于虫子和草木之间的一种生命个体，从寿命上看，他们不能活到树木的年龄，但相对于两个季节几个日夜就消殒了的草和虫子，人的几十个春秋也算漫长了。从步入青春时起，一辈子忙忙碌碌，东奔西走，像一只不停旋转的陀螺，还一个劲地惦记着"人挪活，树挪死"的古训。而树木大多一生定在那里，不急不躁，不卑不亢，像一位古典的哲学家，除了思考，还是思考，除了守望，仍是守望。

陪一棵树坐坐，回想自己的童年是怎样度过的，心里充满

着青春勃发的激动。当自己还是小树那么大的时候，可远没有小树这么守规矩，你压根儿不想长成一棵树，谁愿意把根扎在一个瘦瘠的土坡上呢？你也懒得为一朵花、一颗果子去和风啰唆，和雨周旋，和冰雪严寒较量。顶多只承认树荫是好东西，因此隐隐有一种长大了去奉献树荫的想法。当然，在疲惫了的时候，也想在树荫里生活一阵子。年轻的思想不能理解叶落归根，它只能想到，既然长成一棵树，就要枝梢冲天，横柯飘逸，头顶的天空才是远大的去处。殊不知寸草尺根，树木的根系用一辈子的努力积累了它的全部精神力量，积累了它深厚的财富和智慧的源泉。树木大智若愚，它们不仅默默忍受着自然的风雨侵袭，而且就是谁给了它一拳一脚，或者拿眼觊觎它，拿刀子锯子砍伐它，拿锄和锹挖掉它，它也一言不发，从不跟你计较得失和是非。你给它一片泥土，它就活着，哪怕它明知过不了多久就会死去。比如现在我陪着这棵树小坐的时候，它一点儿也没考虑我为什么要坐在它的身旁，又何谈想到我们会在某一天打它的主意呢？

　　人到中年百事兴，也有的说人到中年百事休，乐观者和悲观者自是差别大矣。然而树木的中年是什么时候呢？假如没有人为的干涉，一棵树到底能长到多大，谁也没法估计。我们只能从已经看见的最大的树来推测树木的年龄，这种推测显然是盲从的、一叶障目的。我就看见有一个村子里有一棵大枫树，被砍伐时三个人都合抱不过来，而村中老辈人说它至多也不过两百多年。中年的树大多被人们利用了，或做檩梁或制门窗，再没用处就干脆做柴火。传统锅灶是喉咙深似海，胃口大如天，什么样的树烧不成灰烬呢！

　　路边的一棵大树，不知有过多少代人陪它坐过，树木明慧的

眼光也许看穿了一切。它依然闲如微风，淡若云霓，静似老僧禅定，不露半句真言。由此看来，陪一棵树坐坐，除了你自作多情浮想联翩以外，树木的思想与你的思想可能是两条道上跑的车。有人不无同情地说，刀斫树木，伤口流出的是痛苦的清泪。但树也许会感激地对持刀人说，太谢谢你了，让我平直的一生又添了一道印记、一个小结，我知道了刀子的味道，也体验到了人类的情感。树果真这样认为吗？人非草木，孰能得知？你也不能说它没有这么想过。以此推测，当我站起身时，树木说不定就在心里说：我就知道你们坐不了一时半刻，世界上还有哪种物类比人更浮躁和庸碌的呢？有那么多的功利在等着你们，陪着我们——一棵树坐着，是多么划不来哟！

　　知树者言，天也地也，风也雨也，雀也虫也，唯独非人也。

独守一座桥

　　1982 年春天，我正在准备毕业论文，题目是《桥与引渡者》。祖父因肠道疾病恶化，自知停留于世的时间不会太久，于是提出到檀树湾看一座桥。

　　那不是家乡的桥。我的现居乡村已经没有一座木桥或土桥。坚固的钢筋混凝土和由机器开掘出来的巨大石条足够架设大大小小的桥梁，并且都有崭新的命名。一座桥的诞生，不仅是一项工程的竣工，还为那部地方志增添了新的条目。我的同乡好友在电话里告诉我，回家的三道河上都修了钢筋混凝土桥。祖父说，檀树湾的檀木桥是他亲手造的，檀木疙瘩里兴许还留着他的汗水。

　　我写信给祖父，赶完论文马上回去，去陪他看那座桥。然而，等我回来时，祖父已经躺在床上，不能行动，不能说话，但他的手势告诉我，他看过那座桥了，是在两个月前。

　　我伫立在夏天里的那座木桥头，在遥远的意念里，或是在切近的守望中，思考我的来龙去脉。我们家三代单传，我的父亲就是从檀树湾过继来的。

　　湾子四围的景色都向一座桥聚拢而来，包括那些优美而虚幻的民间传说、那些隐隐约约的前尘影事。我于一个露珠晶莹的早晨，借着一截牧童的牛绳来延续日渐淡漠的记忆，试图把它

复制在我稔熟然而却陌生的那个小小山村。

也许我那远方的宗家门前曾有过这座木桥，也许儿时随祖父越过漫水河，跋涉到一个狭长的山冲里，见过这样的一座木桥。桥身由整棵大树的树干搭成，上面可能完全由行人的脚步踏平，光洁如镜，呈现褐红色的肉质的感觉。至于那个夏天我去那里的具体动因，当时的确莫可名状，现在也记不起了，能记住的是这座木桥酣睡的姿势以及它默默背负的耐力。

"真是一座好桥！"仿佛听到祖父这一声赞叹。他是说过，别人走他的阳关道，他却喜欢走这样的独木桥。

彼时，水稻们齐刷刷地俯下了它们谦虚的头颅。我还记得，那个宗亲家门前有好几棵高大的黄檀木，它们成了整个村子的威望，因而那个村子便被命名为檀树湾。

很远了。我是说时间。

那样的一棵檀树留在村子里，甘愿做桥；那样的一座独木桥架在河流上，衍生传说和故事。由人们的目光摩挲出来的所谓艺术品总是在外面流浪，哪怕它精致得像卢沟桥上的狮子。

我的论文参照的是海德格尔的《存在与时间》，而行文迈开的第一步似乎是从这座老檀木的村桥起始的。我试着解悟一座桥，觉得它不只是把已经形成的河岸连接起来，不仅仅是为了沟通和畅达，而是存在于时间之上的一种再现，是对水流的动态个性和河岸静止状态的一种解构。在桥的横越中，河岸才作为河岸出现。河岸也并非作为坚固陆地的无关紧要的边界线而沿着河流伸展。桥与河岸一道，总是把一种又一种广阔的后方河岸风景带向河流，它使河流、河岸和陆地进入相互的近邻关系中———如人际关系和人伦关系。桥把大地聚集为河流四周的风景。它因此伴送河流穿越河谷……始终而且各不相同，它来回伴送着或缓或急的人们的脚步，使得他们能够到达对岸，并且最后作为短暂者到达对岸。桥以其独有的呈示方式把上天、大地、神佛和人类聚集于自身，这就像我们每一个人，既是一个站立的人，也是一座躺倒的桥，或者是一段记忆与传说。甚或，我们见过的任何一个村庄，都是大地上的桥梁。

　　写到"引渡者"，我的脑子里总是不停地晃动着祖父的形象。我在想，我们的一切念头都曾经做过桥梁，虽然我们毕竟不是都能成为引渡者，祖父也不是。

　　祖父曾经长时间在檀树湾伐木，也在那里架过桥。他知道这辈子将永远膝下无嗣，权衡再三，最后把附近沈家冲一个同宗的孩子领来作为他的继子——我的父亲。显然，父亲走过了一座桥，尽管生命中的桥梁不能用什么样的木质来衡定，但是对

于祖父来说，他的传统的根深蒂固的希望又有了延续。

父亲告诉我，告诉我一个人终生行走的道理。他说，更多的时候，我们是走在桥上，而不是走在道路上。一个先人是一座桥，一个平凡的日子是一座桥，一个意念也是一座桥，而未知与未来永远是彼岸。这同我的大学老师在哲学课上说的大致是一回事，即世界是形而上和形而下的统一，是一切关系和意义的总和。人和一座木桥就是包含了这种意义的总和。其他的桥呢，也许算不上，它们原本没有过生命，没有过向上的瞭望和向下的等待，没有那一声轰然倒下的巨响。

1982 年 5 月 27 日，我的祖父以 84 岁高龄故去。在我的生命中，在我父亲先于祖父去世的孤独岁月里，无疑倒下了一棵老檀木。由于祖父在世时人缘很好，那一天给他送葬的人特别多，以致踩塌了一座土桥。我的一位同乡老师为祖父写了一首挽诗，其中两句是："你站着是一棵树 / 你躺下是一座桥……"

在这 6 年之前，即 1976 年 5 月 26 日，海德格尔逝世，28 日安葬于德国巴登—符腾堡州梅斯基尔希。在那里，海德格尔的家乡，正好有一座上了岁数的木板桥。无论是居与筑，还是河与桥，这位哲人都遽然不涉了。这是我 10 年后才知道的。桥以其独有的呈示方式把天、地、神、人聚集于自身，也是我 10 年后才知道的。

感谢声形兼备的汉字，保留了"桥"的木字旁，使它在相当长的一段历史时期内让我们记得桥与树木有关，也与生命和哲学有关。只是，我仍然不知道这是否与海德格尔的"现象学命题"有关，即使有关，又怎么追溯呢——后来的桥梁便是道路！

清水文章

天下做出水文章的不少，而做出像大别山彩虹瀑布这样既独特又亲和的华章的大手笔却不多见。深秋时节，我有幸目睹了位于安徽省岳西县黄尾河的这一鸿篇巨制，亲身感受到景区广告词上打出的"别山丽水，梦幻彩虹"的无穷妙意。

如同砚海起潮翰墨扬波，文人墨客是要情撼于衷意动于腑的；大别山彩虹瀑布的草创者也一定胸藏丘壑，目激层峦，才有了这一号称"华东第一大瀑布"的宏伟佳构。我竭力在公司里搜寻他，希望能够看到巨擘是怎样一种气度，又是怎样一般目力。最后在公司餐厅的普通自助餐桌上，在黑压压的游客中间，终于认识了这位普通得和山上的泥水工毫无二致的主创人——旅游有限公司总经理柯正发。

柯总一身旧装，裤子洗得青一块白一块，散乱的头发间隐约可见秋风的痕迹，疲惫但淡定的眼神里满是金秋的暖阳。一小勺菜，一大口饭，一碗清淡的紫菜汤，他吃得十分满足。言语间，他对不到 10 个月的时间就完成了该景区的第一期工程并赢得县内外广泛关注表示出抑制不住的自豪感，对被称为"深圳速度"的动作感慨万端。"在岳霍两县之间，我哪能仅凭两条腿跑呀，几乎成了鹞鹰，是在飞！"这话并非夸张，1280 米长的隧道穿过两县交界的猴子崖，百米高、30 米宽的瀑布由五个洞口喷薄而出，流量最低不得少于每秒 2 立方米，最大竟达每秒 5 立方米，瀑布飞落岩石之后再回弹成 25—30 米高、方圆百米远的水花水雾，仅仅这"文章"的高潮部分，就得呕心沥血挖空心思。柯总

笃定地表示，大别山彩虹瀑布工程上马，将会是集开发探险、旅游休闲、民俗观赏、奇石开眼、沙滩沐浴、漂流体验、度假寻根、养生保健于一体的综合项目，是大别山腹地旅游开发的牵动性项目，是 4A 级高标景区。

原来，这不仅是一篇"奇文"，竟然还是一篇"韵文"。

从猴子崖回来，依然很轻松，一点也没感到吃力。柯总介绍，这就是彩虹瀑布风景区有别于其他景区的特点之一。"你说我是在做一篇文章，那好，我就是要把这篇文章做到游客心里，不能只做到腿上。予人玫瑰，手有余香；给人美景，心里就要永远留下一个好印象。"他真的懂得写文章的起承转合了，懂得山水文章同样需要讲究开端、发展、高潮、结局乃至尾声。在黄尾河宽阔的沙滩上，在平缓的柳树丛中，在清凌凌的曲溪边，游客是在赏景，也是在放松身心回归自然，在寻找一种久违的似乎与天地万物已然生分了的那种本真。是王维当年寻找的"明月松间照，清泉石上流"的那种山水之恋吗？抑或林逋守护的"疏影横斜水清浅，暗香浮动月黄昏"的那种孤山之情吗？

大别山彩虹瀑布景区继周边旅游景区连片之际，得天时之良机；位于岳西县黄尾镇境内，距岳西县城和霍山县城均为 34 千米，离济广高速六潜段黄尾出口仅 1.5 千米，合地利之良缘；28 位股东携手并肩，斥资 7600 万元，全系私人投资，合力打造自然人文合一品牌，是人和之典范；境内开发通过环评，竭力保护生态环境系统，培固植被，保护物种，防流泄洪，清淤排积，更是造福后世、便利民生的一大善举。《北京晨报》2011 年 9 月 24 日引中央人民广播电台消息："该县旅游局局长王华表示，项目在上马前，除了经过地方发展和改革委立项审批外，还让环保

猴河峡谷
Hour River Canyon

部门作了环境评价报告；在建设施工过程中，景区也尽量让所有的自然景观保持原生态，确保景区的建设不会破坏山区的生态环境。"

黄尾河有两支水源，一支来自长江流域，另一支来自淮河流域。瀑布引水即来自淮水，由霍山县磨子潭蜿蜒而至，由于流域植被完好，人烟稀少，沿途几无污染，因此瀑布洁净清纯，游客仰面任由水珠沐面漱口，甚至吞饮，根本不用担心水质问题，这也是下游沙滩浴场得天独厚的有利条件。如果还拿一篇文章来说，要做得耐读，必当词清气爽、干净利落，那么，彩虹瀑布则是当之无愧。

漆树湾印象

　　小时候，错把漆树当香椿，掐它三春时节嫩红的叶儿，谁知过敏了。那可真是大自然对我这馋猫一次妙趣横生的惩罚：整个脸顿时浮肿起来，眼泡亮愣愣的，像两颗柿子；两腮通红肿胀，鼓起如含着两个核桃。奇痒使我手足无措，哪怕抓破了面皮，血水从脸上、下颌往下流，还是不停地抓。这且罢了，出门去有点事儿，或者到医疗室买点儿药水擦擦吧，一露面，熟人生人就对着你笑，自己那窘态真想找个地洞钻下去。

　　就因那一次出丑，我二十多年来对漆树以及由树上割下来的生漆畏而远之，甚至认为它不配和松树、柏树们站在一起，每每因它而坏了我的情绪。

　　世间那些捉弄人的事往往无独有偶。七月里去漆树湾办件公事，无意之中竟然摸回到了我的童年。

　　漆树湾多漆树，树粗且直，浓荫满地，漆籽垂珠。遍

山脚一长溜的漆树林，颇有些披挂整齐、庄严待命的将士雄威。每棵树的腰上搭着横档，如梯，如栅，说是腰带更为得体。奇怪的是每隔三两株便有一位女子攀在上面，一色的黑衣黑裤。

　　走进林子，我们先是被漆树的精神感动：只要有小碗口粗细的树干，身上无不刀痕累累。刀口一寸多宽，一拃来长，口下端绑着个斜口竹筒，那种叫作生漆的红色液体慢慢流入竹筒。然后，在我们的赞慕声中，姑娘们有的扭过头来打量我们，有的则仍在闷头操作——这时，只有在这时，我才重又看见童年镜子中的我，她们也同样挂着两个"柿子"，含着两个"核桃"，甚至让你一下子联想到贵妇人的臃肿。

　　赶紧收回我们的目光，因为我们的直视、私语和妄测，对于她们，无疑都是不礼貌的，是一种巨大的干扰。我只能设想，流淌在我童年脸颊上的血水和附着在前颈后项的奇痒，也同样在她们身上脸上存在着、附着着。

瞬间，我捕捉到一种相互通融的意念，而彼此的距离好像顿然缩短了。

姑娘们割漆，牺牲了美丽的形象，损坏了细嫩的皮肤，甚至伤害了热恋中小伙子的情感……她们，是心甘情愿还是被逼无奈？

离开漆树湾的时候，我突然记起她们那儿早已过世的割漆老人。他们以前对我说过这样的话：衣服若沾上生漆，便永远也洗不去；皮肤沾上生漆，就会腐烂，就会留下疤痕。憨拙朴实的老人没有假话。

如此说来，割漆姑娘们该要失去多少容颜乃至健康，又该要付出多大代价乃至牺牲呢？直到我走进油光可鉴的家具展销大厅的时候，或者直到我看到报纸上报道她们为引导小村人致富，勇于奔赴漆树林，用自己的美丽容颜与希望和未来做交换的时候，我才感到这种牺牲，绝不比见义勇为或者赴汤蹈火逊色。

南湖双月寻张翰

　　月下南湖即周庄的张矢鱼湖，也就是闻名遐迩的白荡湖。大凡来周庄的人多是看水，周庄的水是彩色的，在桥巷亭榭之间、烟雨楼阁之外绘就了一幅天然的水墨大轴；周庄的水是温婉的，于蓝天白云之下、翠黛连山之内蕴蓄了一泊淡定的圣贤胸襟。所谓南湖，是与北湖（急水港）相对而言的，南北两湖生成了周庄的一双秀眸，深情地迎迓四面八方的游客。尤其是夕阳西下，满月东升时，水面上鳞波荡漾，铺金叠银，不妨设想，再富有的巨商大贾纵使掏尽满室盈积，怕也只能在这锦天绣地里自觉囊中羞涩，泄了底气。轻纱似的月光笼罩着湖面，也呵护着初夏亭亭的荷尖。我们坐在桨声咿呀的湖边石阶上，等候1700多年前一个叫张翰的文人在此做彻夜的冥思和出世的独钓。

　　由张翰而留下张矢鱼湖，这符合中国诸多地名的来由，如同沈厅、沈家漾均源于富豪沈万三一样。所不同的是，万三园与沈家漾至今仍氤氲着浓郁的商家气息和经济氛围，而张矢鱼湖在这明月之下、青山之陂，宛若一方巨砚。在这里，张翰的翰墨总也写不尽周庄的灵思和天籁，写不尽一个放纵士子看破尘世而隐居乡里的落寞情怀。

　　张翰，字季鹰，西晋文学家、书法家，世代居住在周庄镇南二图港（近南湖）。《晋书》中说他"有清才，善属文，而放纵不拘"。晋惠帝永宁元年（301年），齐王司马冏辅政，张翰任大司马东曹掾。当时因政治腐败，天下大乱，张翰为了避免不测之祸，遂以秋风起，思念家乡的菰菜、莼羹、鲈鱼为借口，从洛阳辞官返乡，隐钓于周庄南湖，与动乱的世事隔绝，过着悠闲宁静的生活。他曾解释隐居的原因："人生贵得适志，何能羁宦数千里，以要名爵乎。"今天我们所见到的成语"莼鲈之思"就典出"翰因见秋风起，乃思吴中菰菜、莼羹、鲈鱼脍"（《晋书·张翰传》）。

俯视水底明月，聆听蛙鸣虫语，似觉得张翰正在南湖边上作歌行吟。一代旷世奇才，做着陶翁的榜样，赋秋风而独钓，窥江流而拊膺，就连大诗人李白也不得不击节赞叹说："张翰黄金句，风流五百年。"李白还在《行路难》里这样写道："君不见，吴中张翰称达生，秋风忽忆江东行。且乐生前一杯酒，何须身后千载名。"今天我们读到的佳句正是张翰令南湖研墨、芰荷挥毫

写出的清词丽句："黄花如散金。"

　　不独李白盛赞张翰其人其诗，更有与他情性如斯的张志和，在《渔歌子》第四首里写道："松江蟹舍主人欢，菰饭莼羹亦共餐。枫叶落，荻花干，醉宿渔舟不觉寒。""菰饭莼羹"与"莼鲈之思"语出一辙，说的都是想吃几口家乡饭。后来的欧阳修也为他写下这样的诗句："清词不逊江东名，怆楚归隐言难明。思乡忽从秋风起，白蚬莼菜脍鲈羹。"白蚬、莼菜、脍鲈羹是周庄的特产，招牌上的字眼惹人眼目。来到周庄，你不能不去邻近的小酒馆细细品尝这些古代小吃在今天的味道，它们当与"新鲜脍一箸，清醇酒一杯。晋室惟张翰，当时得意来"（晁文元诗）有着天渊之别了，比如菰饭，你是无论如何也吃不到了。

　　占地3.6公顷的南湖，分春、夏、秋、冬四个景区。据介绍，春、夏景区以山水园林为特征，以荷花池为中心，望湖楼、湖心亭、九曲桥临池而筑，凌波石舫隔水相对，一派古典园林的风格。春景区，池边垂柳依依，百花吐艳；夏景区，荷池红点翠盖，金鲤跃波。秋景区以仿古建筑为特色，集厅堂、亭榭、轩祠、假山于一体，古意盎然。其中的思鲈堂和季鹰斋，就是为纪念张翰而建造的，而刘宾客舍和梦得榭，则是为纪念刘禹锡而设，代替了原来的刘公祠。冬景区以全福寺为中心，建造了带有宗教色彩的建筑群，使"水中佛国"光彩奕奕，钟磬声声。

　　周庄地处太湖流域，四周湖荡围拥。南湖以宽阔的水面濒临古镇，给周庄平添了多少秀色和风韵。这片有近千亩水面的大湖，为周庄带来了丰沛的水源。古镇区河道如蛛网密布，浇灌着湖边数万亩粮田桑园。它巧妙地调节着气候，尤其是夏天，总是

要比别处凉爽几分，人们慕名前来消暑，南湖的碧波是一处绝佳的天然游泳池。更难得的是，天上朗月如轮，水中明月如镜，周庄夜，真的充满晋韵唐风。

月过中天，水汽凝眸。同伴似有些睡意，打了一个圆圆的哈欠，像是要把南湖吞进梦中。对于张翰、陶潜以及张志和、刘禹锡们，的确无须追想得太多、太甚，一个朝代的风风雨雨总是要吞没掉一些随波逐流的人，同时也会清晰地洗沐出一些铮铮铁骨和傲岸的身影。所以，就有怅惘者挥如椽巨笔，蘸松江之水，铺南湖之笺，为后来者写下了这样一副意境寥廓、感慨良多的对联：

江色似迎张翰远，涛声忆傍伍胥多。

清纯处子是香溪

　　"山间煮笋扫落叶，石上品茗铺绿苔。"这是沐浴着唐风宋雨的诗家词客闲游在大自然怀抱里发出的闲适吟咏，这是一群从"香溪茶馆"踱出来却找到了一个绝佳去处的清寒士子的一种雅趣，这是另一段人生况味的精致小景。

　　当年那笋还在，不过刚刚从春雨浸透的沃土中钻出来，惊眼慌张地、心眼细细地打量着这个清新润泽的世界，捕捉着晨露的玲珑、草叶的碧翠和雾霭的温柔。笋尖上两片小叶绽出初蛰的心思，用涂抹着口绿（她们从来不涂口红）的唇发言，用裹挟着褐色马夹的腰肢表演，用她淡淡的馨香答谢一年一度的松风竹雨。

　　竹园旁边有一条小

溪，流着淙淙的春水，跳着白白的浪花。即便明明知道那几位寒士已经骑着毛驴背着诗囊走远，再也听不见他们吟诗作对的唱和，再也看不清他们寻幽访胜的身影，但溪水是香的，就像晨风是香的一样。桃花近近，杏花远远，野樱桃夹在中间。长尾而花背的山雉躲在茶棵后面，偶尔扯出一两声长调，带着几许颤音，给茶林的早晨添上一串脆生生的音符。

我不知道中国的大地上究竟有多少条叫作香溪的河流，我只知道我刚来到这个世上的时候，是祖母用香溪的水给我洗了"三朝"。睁开蒙昧的眼睛，我发现我身边有两条带子，一条是我的脐带，另一条是我的香溪。

抬眼一望，我就明白了山雉这种俗名叫作野鸡的家伙为什么不去安心地孵蛋育雏，而要从茶棵后面飞走——原来它错把另一种绿色当成了茶树，那是采茶少女身上的绿春衫。采茶女不是一棵春树，采茶女是一枝香透清明的翠兰花茶。我的妹子，我的姑表姐们，我的同乡小兰小春，她们曾经都是张口能吐雀舌、抿嘴咬住芬芳的香溪翠兰花茶。

翠兰花茶是大别山的特产，直销人民大会堂，在省里名优特产茶类展销中500克竟卖到2000元的高价。包装精美、标价瞩目的清明兰花翠峰，就产自这香溪河岸、圆顶山下。"采茶人俏香溪水，种竹日高圆顶山。"在乡镇首次春茶交易会上，种茶专业户、茶叶状元徐大胡子挂出这副楹联，赢得了远远近近茶叶贩子们的引颈和回眸，而这一年的茶叶销量也创出了历史上的新高。翌年，大名鼎鼎的名堂诗社以"茶"为题求诗征文，引得好诗美文纷至沓来，颁奖仪式轰轰烈烈，文人雅士与企业家举杯唱和，在岳西茶文化的历史上写下了馨香的一笔。要是那几位清寒士子碰上，说不定又要演绎出多少香溪逸事。

由那大条幅上的对联，就攀到了竹子的话题。圆顶山自古以来就出产特大毛竹，节高竿深，箬箬如舟。打个比方说，婴儿躺在摇篮里，摇动时若嫌麻烦，不妨取一节竹，留两个节，剜一面凹，便成了一个天然的摇篮。传说当年朱洪武生下来，他母亲就是用这大节竹把他摇大的。后来他做了皇帝，还曾对这儿的竹子行过封赏，诏曰：不掘初生母子节，更教绿竹广生荪。看来这位放牛娃出身的皇帝，对家乡的竹笋可能吃得不多。那么香溪河边的清明茶呢？他也许更是闻所未闻。

石佛毛峰、香溪翠兰，都是近几年来才研究开发出来的新品种，从茶树管理到新茶开采，从手工炒做到机制纯品，再到检验、包装和贮运，都有严格的规定，哪一道工序也马虎不得。当然，最让人回味悠久的好茶还是用香溪或是她的姊妹水龙溪泡出来的雨前茶。所谓"雨前"，即谷雨之前，也就是说从清明到谷雨这半个月内采摘的茶叶是名副其实的翠峰或兰花。有人误以为

◎ 清纯处子是香溪 刘金华 摄

兰花茶是形状制作上恰似兰花瓣状，其实错了，兰花取自以山间兰花之幽香滋润新茶之玉质，使其攫取兰花芬芳以透其体之意，简言之，兰花茶就是长在兰花旁边，吸取了兰花清香的春茶。山人有语：自取河水煮河鱼。同样的道理，自取香溪泡香茗，当别有一番韵味。好茶是培植出来的，也是精制出来的，更是巧泡出来的。山间煮笋，石上品茗，讲究的是洁净，是清素，是初月出云的处子情怀，是莺鹉在林的自在啁啾；是笋尖上的露影，是兰瓣上的蜂鸣；是节气的诗，是时序的画，是云雾山中的仙魄侠魂。同样是喝茶，不同的人，不同的情境，不同的水火，品出的口味与意蕴截然不同。说给你听啊，有一老者，喝了一辈子茶，最后在天柱茶馆留下这样一个上联："日月两泉明白水。"一时应者云集，诸对纷纭，却一直没有一个让人满意的下联。你看清楚了，这个上联原是拆字拼合而成的，暗藏机巧呢。三年后，一茶庄老板的小儿子大学毕业，不去机关当白领，不往南方挣高薪，却回乡专门经营清明故乡茶。一日，在老父亲微笑颔首的赞许里，儿子终于对上了那个上联："子女三思好心田。"

坐在溪水澄明的岸边举目四望，天地朗朗，日月清明。香溪人抿着茶香，对着青竹，伴着兰花，一边把毛峰和翠兰的品牌越打越响，越传越远，一边不忘饮香溪水，读圣贤书，做忠厚人。他们坚信品茶醒神，嚼笋知节，闻兰清心。哪怕世俗再重浊，哪怕势利再惑人，且品一杯清明水，且对一副古今联，看杯中茶叶浮沉，望岭上白云苍狗，自能陶情冶性，寡欲清心。偶尔回首一望，岭上那几位清寒儒士的身影仿佛还隐约可见，他们的唱和也历历在耳。于是有人又捧着茶碗轻吟慢咏起来——

是真名士知奇味，有好去处在香溪。

美好乡村赵湾赋

日月之双目，苍天可鉴；来河之明珠，落在赵湾。千古之淳风，遍地濡染；一溪之碧水，四季潺湲。春风夏雨沐洗新妆，秋月冬阳敷施娇颜。村村落落，尽是欢声笑语；阡阡陌陌，唯有膏润腴鲜。人勤地生金，大地臂弯里诞生神话；世治天作美，古老芹溪头阐释寓言。秀丽乡村，赵湾首选；美丽来榜，走出大山。

赵湾之大美，美在山水间。一花一世界，一水一清潭。山是赵湾之雄肩，水是芹溪之妍面。三山环抱，来龙去脉脉脉相连；两岸凝眸，鸡犬之声声声亲唤。佛岭具神性，木石结奇缘；混元天生兆，吉祥在此间。松涛起瀚海，杉林自绵延。仁者乐山，安步当如彭祖保健；智者乐水，临溪尤胜陶朱听泉。

赵湾之奇美，美在绿田园。嘉禾趁时熟，瓜果四季鲜。绿云起时，莠雾桑烟；玛瑙坠处，榴绽柿圆。茭白孕育双胎，灵芝新出千鬟。绿色蔬菜远离化肥农药，本土禽畜觅食自家三鲜。恰值风清气爽，日丽云闲，白墙黛瓦映蓝天，明窗朱扉开喜筵。糯米成酿，醉乐四方来客；腊肉装盘，吃晕士子大员。

赵湾之殊美，美在人文篇。雨随诗韵落，风伴大雅旋。自古文章华国，榜眼进士比肩；而今文凭屡进，博硕教授齐全。京

都显赫之地，有我赵湾后贤；古皖恩泽之邦，赵湾佳话不断。宜勤，亦俭，去奢，倡廉。兴耕读之良习，恶赌博之颠顶，导后辈之正道，得先祖之真传。儒也圣也，端在一举一动；淑哉贤哉，试看靓女帅男。

赵湾之最美，美在时代前。科学开新步，携手共登攀。环境清雅，首治污染；民主管理，和谐平安；长远规划，有理有序；文明创建，奋勇争先。因知识而眼慧心明，小村人远瞩高瞻；凭

　　诚朴而理直气壮，赵湾人无悔无怨。积一份德，地阔天宽；努一份力，业兴家安；放一份热，村强组盛；留一份爱，子旺孙绵。

　　斯是福地，亦可居仙，如在琼岛，如臻桃源。君若有暇，可邀朋结友亲临造访，可携家带眷共赏奇观。至必心旷神怡而归，亦必志得意满而返。岂可忘也，来榜赵湾；来榜赵湾，乘凤腾鸾：载誉皖岳，拔萃霍潜，扬威海北，炫彩天南！

　　诗曰：

　　　　　　梦入赵湾诗兴绵，茶香十里柳生烟。
　　　　　　吟风淳俗余优雅，放眼新村尽慧贤。
　　　　　　麻将远离君子桌，书刊近在画图边。
　　　　　　如缘更说来河好，心浪郴郴载酒船。

东坡西湖

  游惠州西湖是在 5 年以前。去年 7 月再次到广东，在广州转往深圳时，听到同行谈起惠州西子湖，便油然生出想再游彼地的热望，也便有了这篇小文。

  惠州西湖位于惠州市内，是一个并不怎么壮观的浅水湖泊，然而，它却是国家重点风景名胜区、国家 4A 级旅游景区（现为 5A 级风景区）。其景观由"五湖六桥十八景"组成，曾和杭州西湖、颍州西湖合称为中国的三大西湖。

  惠州西湖显然是因东坡而闻名。宋绍圣元年（1094 年），苏轼谪贬惠州后，即栖居西子湖畔，不仅白天游览放目，而且夜里也在此流连，甚至通宵达旦，乐而忘归。"予尝夜起登合江楼，或与客游丰湖，入栖禅寺，叩罗浮道院，登逍遥堂，逮晓乃归。"当时西子湖叫作丰湖，是东坡把它改称西子湖的。从惠州的闹市区平湖门前往孤山，有一条宽阔的石堤，名曰苏堤。此堤始建于绍圣三年（1096 年），由苏轼资助栖禅寺僧人希固所筑。苏轼侍妾王朝云葬于寺侧松林中，面临西子湖。堤上有桥，名曰"西新桥"，后人称为"苏公桥"。明代学者张萱在《东坡寓惠集》的《惠州西湖歌》中说："惠州西湖岭之东，标名亦自东坡公。"惠州罗浮山是我国道教十大名山之一，地跨博罗、增城、龙门三区县，地处岭南"旅游休闲走廊"的中心地段，我们熟悉的名句"日啖荔枝三百颗，不辞长作岭南人"就是写罗浮山的。

有诗话说到苏轼在惠州的诗词创作情况："远谪南荒，风土殊恶，神交异代，而陶令可亲，所以饱惠州之饭，和渊明之诗，藉以自遣尔。"苏轼日览西湖，夜诵罗浮，诗思泉涌，锦章层叠。写西湖，有"一更山吐月，玉塔卧微澜"的妙语；写芳华洲，有"问疾来三士，浇愁有半瓶""幽寻本无事，独往意自长。钓鱼丰乐桥，采杞逍遥堂"的佳句。坡翁极喜欢韦应物的诗，他有两首模仿韦应物的诗，其一首是在惠州时，读了韦应物《寄全椒山中道士》，就用原韵和了一首，寄给了罗浮山中的邓道士："一杯罗浮春，远饷采薇客。遥知独酌罢，醉卧松下石。幽人不可见，清啸闻月夕。聊戏庵中人，空飞本无迹。"清代嘉庆年间（1796—1820年）苏州中丞陶云汀有对联云："吃惠州饭，和渊明诗，陶云吾云，书就一篇归去好；判维摩凭，到东坡界，人相我相，笑看二士往来同。"他把到东坡界视为一幸，可见东坡的人文价值之高。

◎ 东坡西湖　刘金华　摄

苏轼是因为党派之争而遭贬来到惠州的。在他失意的眼里，西湖是奢侈的馈赠，更是一片心灵自由的天地。山水给了他灵性，给了他淡定，也给了他人生的黄金间隙，他在此写下了160多首诗词和几十篇歌咏惠州风物的文章。他在惠州期间还画了不少水墨画，使惠州名扬四海。元代有个叫道璨的高僧在《题坡翁墨竹》里说："长公在惠州，日遗黄门书，自谓墨竹入神品。此枝虽偃蹇低徊，然曲而不屈之气，上贯枝叶，如其人。"东坡自己也有一联云："春江有佳句，我醉堕渺莽。"他曾为自己的画像题赞云："目若新生之犊，身如不系之舟。试问平生功业，黄州惠州崖州。"东坡书法尤绝，在惠州定慧寺，有东坡书靖节先生《归去来兮辞》，仍可一睹苏翁真迹。惠州有幸，留下了苏轼诗词书画诸多作品、诸多传说，难怪清代诗人江逢辰由衷感慨："一自坡公谪南海，天下不敢小惠州。"此言不虚。

苏轼诗词对惠州的影响之大，有一则民间传说可资佐证。据说明朝期间惠州有一个舞勺之年（13 岁至 15 岁）的孩子，也姓苏，因得先祖苏轼之神灵感应，下笔如神，出口成章，人称苏神童。他写下《咏月》三十首，首首俱佳，一时轰动。其中《初一月》云："气朔盈虚又一初，嫦娥底事半分无？却于无处分明有，浑似先天《太极图》。"《初二月》云："三足金乌已敛形，且看兔魄一丝生。嫦娥底事梳妆懒？终夜蛾眉画不成。"……至今口口相传。又听说，这个孩子只活到了 14 岁，临死时，有人问他："几时还生？"他慨然答道："五百年！"

西子湖若有记忆，当不忘东坡在惠州的串串足迹，亦当永铭这位以 3460 首诗作流传后代的旷世奇才。

九　井

　　真正认识九井是陪同合肥的一位朋友去那儿玩，在车子开不过去的时候，发现了新景。那是初夏，草木开始出青，水也格外地蓝，可惜就是车子开不过去。朋友的朋友说，不能过去的地方是至境，这话听起来好像挺有些哲理，因为车子不愿意再过去，人又何必跟车子计较呢？大家下了车，徒步从右侧支路向下，走了百多步，一个深潭，一块巨石，一群石眼就在眼前。熟人说，喏，九井！

　　九井是九个石窟窿，大小不一，深浅各异，都装满着水。水是半绿微黄色的，像初秋不太成熟的橘皮。水真凉，撩些在手臂上，手臂感受到了九井的小性子，那种女人专门抓住某些缺点不放的小性子。朋友欲脱了衣服到一个中等的井里去洗澡，但不知道深浅，只在井沿上坐着擦了擦上半身，洗了洗腿脚。他根本不知道自己坐在传说中的哪个姑娘的缸沿上，而那位仙姑正瞧着他发达的胸肌。过去人们只认这里较大的七井，谓之七姑潭。县文化馆老馆长胡名播先生写的长篇小说《七姑潭》就是以这里为自然背景的。当然本县响肠镇也有一个七姑潭，您要是还记得栀子姑娘卖麦黄杏子的事，那棵杏子树一准离三河的七姑潭不远，我可以马上带着您去瞧，只是杏子味儿可能与小说中大不一样。

　　七姑潭的得名记录在《来榜民间传说》一书中，在当地已经

妇孺皆知。人们大多数时候喜欢称此地为九井缸，因为方言的缘
故，又似九金缸。感谢那辆娇气的车子，我以后凡是带熟人朋友
下三河去玩，每次都撇不开九井。有一回兴致陡起，还胡诌了一

◎九井 张泽润 摄

◎九井 刘金华 摄

◎九井 刘金华 摄

首七律，诗曰："三河来自百寻泉，曾忆当年听八仙。几处龙涎因盛宴，何方俗子得佳缘？炮惊宫阙机声闹，光照神潭电站连。若教银鳞新放彩，匠心开拓一重天。"后面几句说的是这里已经修起了三河水库和三河电站。

　　来九井的人图的不是秀丽的风景，不是离奇的传说，而是这里的水。九井活泛的时候，竟然可以赤手空拳到井中去捉鱼。2004年夏天，我和我的一位亲戚骑车到那里，一个小时不到，就捉了数斤鲫鱼，其中有一条竟是肥硕的红鲤。捉鱼的办法极为拙笨，仅靠一只破旧的塑料脸盆舀去积水，待到把井里的水舀去半截的时候，随便去哪里捡个方便袋，绑在一根木棍上。这特制的捕鱼器具虽然简陋至极，可是使用起来妙趣横生，因每次捞起的多为一尾，有时却是泥鳅、黄鳝，故而大有"钓胜于鱼"的乐趣。有能耐可以再到深潭里去鼓弄，说不定能捞出鳖甲老龟。其实深入井中洗个澡并非难事。据我们所探，有两个井竟然不足一

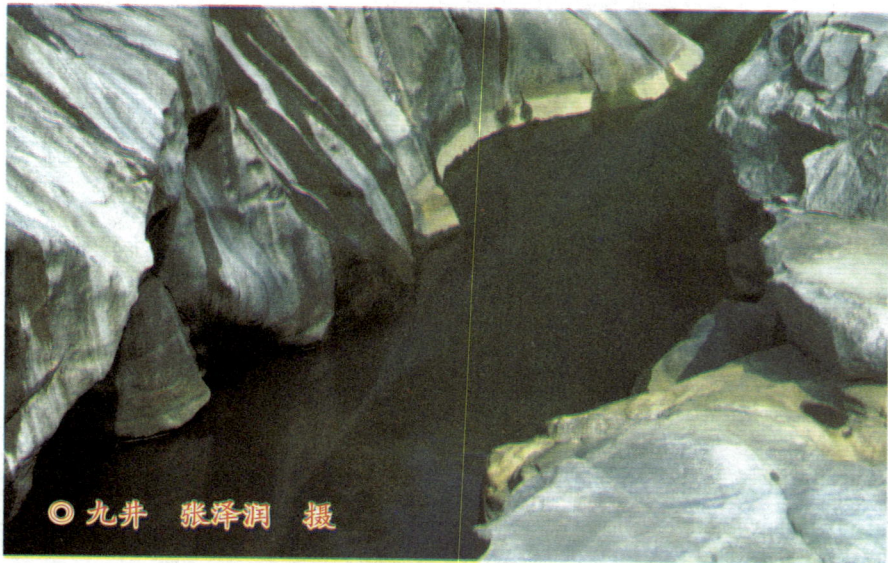

◎九井　张泽润　摄

人深，只是把握不透，谁也不敢下去。九井主河道的潭子却深不可测，这便是龙井别称的来由。

修水库建电站淤积的大量泥沙与日俱增，龙井也就像一个思想简单的学者日益捉襟见肘，变得越来越肤浅了。大坝阻拦了洪峰，也消减了春汛，九井的水永远只是天上掉下来的几滴雨水，鱼更不足为外人道了，早已叫电鱼器收拾干净。几棵很是可观的岩松枝残根裸，奄奄待毙。路却宽阔起来，任何车子几乎都能往来其间。有一次，我坐在车上俯视雄伟的大坝，赞美人力的伟大与骇然，觉得我那几句歪诗哪里能表现它的气魄和壮观呢？这九井真是有幸了，它千百年都没有醒过，这回终于醒来了。

最后一次看九井是在一个熟人家里喝酒回来，在半路上瞥了它一眼，然后就沉沉睡去。我平常并没有说梦话的习惯，这次在梦中我反复地吐字清晰地喃喃：

"九井死了……"

九井死了？我醒来后反复自问：我真的在说梦话吗？

水竹湾

　　在栗树坪与扯旗寨之间，有一个小村子，叫水竹湾。在地图上看，应该是皖西的最西端了。水竹湾几十户人家，田地零落，树木荒芜，生活条件极为有限。但古人说得不假，靠山吃山，水竹湾人吃的就是水竹，这里大片的水竹到了秋天也未减色，反而翠色愈深，简直是一片深绿的湖。另处，较多的鸭子，一条不大的湾河养着大群麻鸭白鸭。我是在金秋时节带一个朋友到那去收购槠栗，晚上赶不回公路边的小饭店，就在那里歇宿一宵，有幸看见山民们怎样"吃竹子"。

　　傍晚，小河两岸堆放着成捆的水竹，在落日的余晖下闪着幽蓝的光亮。水竹一般只有大拇指粗细，一丈来长，扛到场院里靠墙立着，等待着晚饭后剖篾制作成各种竹器。我们住的那家有五口人，一对中年夫妻，一个老父亲，一双儿女，儿子正在乡里一所中学读书，女儿10岁左右，白日里在村小学上课，晚上回家帮着扫脚（那儿把做散事打杂叫作扫脚）。月亮底下，老人断竹剖篾，夫妻俩编织，女儿传递篾丝。这多像一条完整的作业流水线，一丝不乱，井井有条。尽管各人说着自己的话，或者跟你聊着天，手中的活儿却一点也不受影响。只见老人的篾刀一闪一闪地翻着白刃，一根竹子三两下就肢解了，那篾丝在手指间像蛇一样游动，最好听的是刀子前进的声音，在竹节和竹节之间均匀地响着，哧，哧——咔嚓，节奏分明，丝丝入扣。夫妻俩编织的招式纯熟、利落，十指跳动自如，竹篾交错有致。其间还有许多讲究，比如漏篾、放花、收口、提形，都得注意分寸，准确地说，到了这几个工序就是技术和艺术的合一。就连小女孩也被训练得手无虚发，总是在一根篾丝快要用完的时候，小手麻利地伸了过去。

我们看得惊讶起来，称赞他们巧夺天工的巧手，老人说，手算不上巧咧，就是太拙笨了，前些年吃尽了亏。老人说的是乡村硬性规划发展企业，结果一事无成。"喝了多年的西北风啊，现在才摸出一点门道咧！"老人歇了歇手中的篾刀，望着我们，笑了。

环顾院子，里面堆满了水竹的成品：各种箩筐，提篮，屉笼，果盒，碗垫，以及一时叫不出名字的花样。最引人注目的当数礼品盒，精致小巧，构图新颖，一律用的细篾丝。拿到灯前细看，青丝黄缕，图案逼肖，竹节的痕迹全部排成了花纹或文字，有的是一朵花，有的是一个"喜"字或"寿"字，无不别具一格，令人大开眼界。

晨起，院子里又是另一番景象，有的竹器上了彩漆，有的经火烤后稍稍变形，还有的叠成串，圈成套，列成组，正等着挑到市场上去。透过淡淡一层秋雾，隐约看见对面河堤上有成群的挑担者，担上挑的像箩，像筐，像古怪的动物或怎么看也猜不到像什么的。一些吆喝声响起，水竹湾的早晨一担一担被挑到农贸市场去。

女人做着饭，孩子用一竿竹子将几十只呱呱叫的鸭子赶出鸭窝，赶向小河，反身去捡那一窝青的白的鸭蛋。

回头看山垭口冒出来的太阳，圆圆的，沐着秋光，驱着寒凉，也是一枚喜人的鸭蛋。

走出水竹湾，我对朋友说，看来，生活用不着赶鸭子上架，充分利用自身资源，发挥自己的才智和创意，小日子还不照样像群鸭出窝——嘎嘎叫！

春天的塘坳

——王步文故居散记

书　园

　　这是一个春天晴朗的下午，我和柯万英、汪维伦、王恩乾三位老师一起，乘一辆计程车，应安徽省宣教中心之约，同去采写"永远的丰碑"特稿。我们的采访对象就是安徽省首任省委书记王步文烈士的故居。

　　距离岳西县城 8 千米，自西过温泉镇到达资福村，南转，斜上，便是塘坳，即王步文烈士的故居所在地。故居坐北朝南，房舍砖木结构，前后两栋，跨院联结。建筑面积 700 平方米，占地约 5 亩。

　　听说我们要去，邻居且又是解说员的王女士早早地开了门，站在门口等候着。访问是从王步文少年时代读书的地方——书园开始的。

　　书园在故居前排房子的西侧，一间约为 7 平方米的土砖平房。门楣上有笔迹饱满的"书园"二字，系王步文读书时自己用毛笔所写。室内陈列有古代经典著作、当年一些进步书刊、书桌、椅凳、笔砚和马灯，解说员介绍这里曾是 1920 年 8 月王步文建立秘密图书馆（丽华商店）的发端，其时，他和进步青年王效亭、储余、储纯一、储文朗等在这里阅读革命书刊，研究社会理论，宣传马列主义，发展中共党员。

书园小，却容纳了一颗兼济天下之心；书园暗，却燃起了请水寨暴动的烈火。我久久凝望着那盏马灯，它熬红的眼睛分明已带着黑圈，但是仍然醒着，它望着每一个来者，默默无语又笃定含情。

我抚摸着王步文用过的笔砚，仿佛感觉到砚池里汹涌着春潮似的翰墨，而笔尖依然锋芒毕露，积蓄着入木三分的伟力。王步文从书中觅取精神养分，又用那支不倦的毛笔书写着心中远大的志向、笃定的渴求和毅勇的反叛。

我坐在那只木凳上，面对小窗，窗棂枯朽，故纸生尘，只有一线阳光依然移到桌面上，像一行深入思想的文字。墙上清晰地刻写着这位革命先行者临牺牲时难友们为他作的挽联：

是革命家，是教育家，怀如此奇才，生而无愧；为革命死，为大众死，仗这般大义，死又何妨！

难怪有人感叹：王步文字伟模，的确是一位为中国人民革命事业而洒尽热血孜孜以求的伟大楷模。

王步文的书园虽然只有一间房，但这个园地并不小，里面有一个青葱的春天、理想的春天。

天　井

书园门外就是天井，王步文读书消乏和思考展望的一个清静

的空间。一方四角的天空下，短墙上书写着青年王步文的远大抱负和殷殷心迹。尽管如拳的毛笔字已显斑驳，简略的线条也若隐若现，然而烈士生前的磐石之志一如地上的青砖，嵌得那么紧，埋得那么深。我走过一块块砖面，在这阴凉的一隅，感受着90年前的呼叹和凝思，寻找当年哪一朵白云从天井上空缓缓飘过、哪一只苍鹰从屋后的松树上振翅起飞。

天井是一个简写的"目"字，也是一个大写的"口"字。王步文在书园里目读口诵，从《幼学启蒙》到《新青年》，从《每周评论》到《血花》，从《洪流》到《黎明周刊》，他读累了，眼花了，就走出书房，踱到天井来，呼吸一口新鲜空气，抬望一眼旷远的天空，凝眉半晌书中道理，会意一层深刻意蕴……天井便又成了他一鉴开的"方塘"，便又有源头活水汩汩不断地翻波涌浪。

天井和书园紧挨着，一边是广袤的知识天地，一边是轩敞的温泉长空。这里现在叫温泉，乡俗惯称天堂。我们不妨说，王步文的心里还有另一个天堂，那是他为千百万人追寻的人间福祉，是他们那一代人梦寐以求的理想境地。

1924年11月，王步文从上海回到安庆，和蔡晓舟一起组织了中国青年救国会，主持编写《救国会章程草案》。这之前，他加入了中国共产党，并在家乡介绍了多人加入党的组织。后来成为大别山革命先烈的王效亭、储余、柳文杰、吴介唐等，都是他秘密发展起来的优秀分子。王步文从小小天井里看到了大别山区武装斗争的希望所在，他在主持怀宁中心县委工作期间，曾经一个人站在这小天井里，遥望长天，酝酿构思下一步工作，在胸中绘就革命斗争和武装暴动的蓝图。

越过天井的外墙，我们看到高高的香椿树正在发叶伸枝，也能闻见香椿头在晴和的阳光下散发出来的阵阵熏香。试想当年，王步文手不释卷，夤夜苦读，当春日里香椿的浓香和里屋的书香融合在一起时，东院土灶房里传来的食物香味已经淡然若无，殊为迥异了。

吊罐与土灶

跨出天井，越过正堂，便来到东厢房。东厢房二进，前面是火房并饭厅，后面是灶房。火房中吊一大砂锅，乡下人谓之吊罐。冬日，一大家人围绕火塘而坐，一边烤火，一边享受吊罐里咕咕噜噜的食物翻沸的声响和缕缕香鲜扑鼻的气息。

青年王步文自 1918 年考入安庆六邑中学之后，很少能在这样的冬日与家人团聚在一起。他矢志革命，奔波不停，经常到安庆第一师范聆听从北京、南京来的大学教授们的演讲，与早期宣传马克思主义的理论家高语罕、恽代英一起频频接触，语语相温，一谈就是一个通宵。在他的日记中，有这样的话语："政治不良，从而革新之；社会不良，从而改造之。"就是从这样一个书香家庭走出去的青年，在五四运动中成为安徽学生运动最早的组织者和领导者。

故居人去房空，清冷的土灶与空寂的砂锅在岁月的烟尘中，已经越来越不被年轻人熟识，甚至连火塘都叫不出名字。我看见一个初中生模样的孩子从土灶前走过，他仔细盯着那火钳与吹火筒，仿佛要从这些老旧的物什里寻出某些回音来。想当年王步文像他那么大时，已经带领乐群会的同学为了反对学校突增学杂费而与校方据理力争，直至迫使校长储凤山辞职。尽管步文因"煽动学生闹事"被校方开除，回到家里跟随父亲劳动以"磨其锋芒"，但是这场斗争使这个年轻的乡下孩子懂得了正气的力量和正义的锋芒。他不仅没有被磨软磨光其棱角，相反，他人生信念的根基扎得更稳，追求理想和光明的热望更加赤诚。

我告诉学生，王步文跟你们差不多大时，已经是安庆学生联合会委员和副会长，在"外争国权、内惩国贼"的救亡运动中，在"六二"惨案、"二七"惨案的抗争中，在青年救国会的诸多事务中，他已经卓尔不群，义无反顾地走在前列，表现出了一个铁血男儿的大智大勇、至真至诚。

回头再看，吊罐一动不动地吊在那儿，像一个钟摆。它似乎在说，90年了，步文就是从这儿走出去的，我记得他吃的最后一口饭、喝的最后一勺汤……

农　具

西头披屋，是牲口圈和农具间。在这里，我们仍能看到当年王步文在上安庆六邑中学之前跟他父亲在家劳动时使用过的一些农具，有锄头、镰刀、铁锨、畚箕及箩筐等。在和劳动人民的接触中，青年王步文深切发现中国阶层中，那些底层的工人和农民是未来革命的中坚力量，因为他们受苦最深，对黑暗社会和反动暴力仇恨最烈。

同情工农大众的情愫，团结劳动人民的热望，使王步文在1922年春于芜湖黄包车工人罢工中挺身而出。他以安徽省学生联合会副会长的身份迅速组织起芜湖各学校的示威游行，冲破军警重重阻拦，高喊"劳工神圣"的口号，与当局进行了毫不妥协的斗争，最终迫使当局取消了增加牌照税和提高车租的决定。

是农民、工人的悲惨生活激发了王步文拿起笔来宣传革命真理，抨击社会罪恶。1924 年春，王步文在恽代英和瞿秋白的关心与帮助下，在上海恢复了进步刊物《黎明周刊》，并亲自主笔，将目睹的工人生活现状写出来发表在刊物上。他牺牲的前一年夏天，倾注大量心血编纂的《社会学辞典》在上海明日书店出版发行，这对安徽省委的成立以及后来党的领导机构的完善与加强，无疑都起到了不可估量的作用。

看着眼前的这一件件农具，尽管有的已经退出了我们现代农业的田园视野，然而那上面仍凝聚着王步文的汗水与感喟。他简朴的一生、清贫的身后使得为他收拾遗物的同人鼻子发酸。1931 年 5 月 31 日是他殉难的日子。6 月初，人们从他和夫人方启坤合用的几只木箱中，看到的是两大箱书籍，其余衣物和用品都十分破旧，甚至已经毫无用处。他没有留下一块银圆，没有留下一件值钱的东西。在知道行刑的准确时间后，他写下遗嘱嘱咐亲人要继承他的遗志，并告诉父母：二老养育之恩难忘，自己长期在外，不能尽孝于双亲膝下，更没有什么遗产留下，但为革命大业死而无憾。

我抚摸着锈迹斑斑的条锄和齿耙，感到这些红色的锈迹顿然化作了赤血，也似乎看到了他劳动过的田头，无数的麦穗正在向烈士低下头来。那就像故乡的麦子一样虔敬地默祷吧，塘坳的庄稼，还有我们！

水　塘

故居大门前有一口弦月形的水塘，夏天雨盛，水塘里活水盈盈，鳞波闪闪。现在正值春旱，水很浅，而青草早已四围蔓起，蛙鸣如鼓，蝉鸣若弦。

就在这口水塘边，1898 年 1 月 5 日，一个小生命诞生了。父亲将孩子取名步文，希望他将来能步先贤的路子，读书从文；又取字伟模，"模"是乡下的一种高挺、青葱、坚韧的树，希望他长大以后成为一棵伟岸的模树。少年步文于读书闲暇时，总喜欢到塘里观察蛙的跳跃，细看鱼的回游。他的母亲或祖母在水塘里洗衣，他也帮着擦洗靴鞋。母亲勤劳简朴，心地善良；祖母贤惠通达，略知诗书，这都给少年步文以有益的教养。附近老年人都还记得，有一年冬天，风雪交加，寒透骨髓。步文看见有个老人在寒风中步履蹒跚，冻得支持不住了，他马上脱下自己身上的棉袄披在老人身上。"步文的心灵就跟这水塘一样清澈！"导游的这句话，勾起了我们眼下对于青少年的教育或熏陶问题的再次反思。记得前几年我看过一篇安庆市关工委写的关于少年王步文的文章，当时就想，一个有作为的人，一个能成就事业的人，他的童年和少年绝不是苍白的，更不应该是空白的，他有着良好的教育环境，比如毛泽东，他的思想和眼界在作文中就有了独特的反映。

塘外边有桃树和柳树，据说也是少年王步文手植的。柳正散叶扬枝，在午后的阳光下越发绿得可人。春色桃李，风流杨柳，不，在这里，王步文已将少年时烂熟于心的名言哲句改写成了志士的誓语、杰士的名言。他在临刑前，将两句前人名言口赠与难友：唯大英雄能本色，是真名士自风流！

这是对同志的勉励，也是对后人的期望。

五棵树

在邻居新楼和王步文故居之间的塘埂西侧，矗立着五棵巨大的栎树。这一排大树几乎已经成了该故居的标志，远远看去，最为显眼。它们历经了多少年的风雨沧桑，仍然坚挺、伟岸，活力四射。

导游说，树是好东西，不独这五棵大树，你看屋前屋后、左左右右都是树。我们这才发现周围的确满是毛竹、香椿、樟树、松树和其他一些杂木。故居掩映在青葱翠碧中，墙垣虽斑驳了，有些颓败了，然而仍不失为一处安恬宁静的乡村佳处。1931 年 5 月 31 日，王步文从安庆饮马塘监狱被带出，就义于安庆北门外刑场，时年 33 岁。同年 6 月，灵柩安葬在安庆。抗战胜利后，其兄将骨骸运回家乡资福，1965 年 9 月安葬于岳西县大别山烈士陵园。斯人虽逝，风貌长存。这故居一棵棵参天大树，无不是烈士们风骨宛然，气节长青的形象标志。

脊梁是不倒的，民族的脊梁昭示后人。据史料记载，仅在新民主主义革命时期，岳西县就牺牲了 3.8 万余人。老区人民就如这满山的松杉桧栎，既砍不完，也烧不光，倒下去的是桥梁，挺立的是脊梁。倘若你撰一部革命英雄谱，我认为以步文故居门前的五棵树作为封面图案，是最好不过的了。

离开塘坳，去步文希望小学，倾听孩子们合唱春天的歌谣……

登黄崖关

1991年4月22日，"中国首届精短散文大赛颁奖会"暨"中华散文创作研讨会"开幕前一日，天津《散文》杂志社组织我们游黄崖关及独乐寺名胜风景。

与《散文》月刊副主编贾宝泉等人一起，我们越过梨花如雪的山下林带，开始登"一夫当关，万夫莫开"的黄崖关。一个从大别山里来、从未见过长城的人，乍见那么雄伟逶迤的古建筑，心中涌动着多少新奇感和豪迈情啊。我的同座朋友刘晓旭说，长城怎么是这个样子，它竟然向茫茫穹苍直奔了去？

是的，这就是长城，这就是中国人深以为自豪的伟大创造，是在月球上唯一能见到的地球上的人工建筑。我当时就有了两句小诗：

一个民族的手臂上 / 凸起一道青筋 / 这是炎黄子孙傲然不屈的造型。

黄崖关长城景区位于蓟县（现蓟州区）最北端30千米处的东山上，初建于北齐，明代重修，包括黄崖关和太平寨。由于山崖在夕阳西照时，反射出万道金光，故名黄崖关。我们去的时候是上午九点多钟，见不到那金黄色的万道金光，但是旭日当头，春色正浓，黄崖关在沉睡中慢慢醒来，山雾似长长的哈欠呼出的口气，山风像悠悠沉思中透出的灵感。特别是当40多位来自海内外十几个国家和地区的作家举步把斑驳的石砖敲响的时候，黄崖关的垛口睁大着黑黝黝的眸子，窥视着这些不同语种、不同肤色、不同欣赏习惯的文人恣意地呼喝歌咏，狂放地踩踏拥抱……

　　游黄崖关，不能错过与一个人的晤面，他就是戚继光。明将戚继光任蓟镇总兵时，对黄崖关长城重新设计，包砖大修，于是形成了眼前的有砖有石的台墙、有方有圆的御楼、有实有虚的砖垒、有明有暗的瞭口。它们接山跨河，布局巧妙，山碍水关，连成一体，四面环合，八方起应。黄崖关在中国古长城中以"雄关二百谁为险，要塞黄崖镇北方。峻岭燕山多险隘，掌山握水固金汤"而闻名遐迩。

　　至太平寨，日当午。吃过午餐，游寡妇楼。我们的一位老作家眼睛不好，远观以为是"寨妇楼"，遂疑为这里住过山大王的

压寨夫人。众人大笑，说要是"寨妇楼"那倒好了，因为戍守和交兵之久之故，兵勇都牺牲了，才叫"寡妇楼"；如果有压寨夫人在，惨烈之象便淡了许多……谈笑间便遥遥望见凤凰楼，在煦日暖风中安卧如一个饱乳的婴儿，仿佛战事与他毫不相干，游客对他也毫无相扰。

今日长城，在今天的作家笔下，已不仅仅是防御的工事和抗衡的凭据。鲍昌先生写到长城，说它是一卷凄婉的历史，是一个民族封闭的象征，是一个文化愚钝的标志，是一个改革开放了的国家迎接八方宾朋时张开的手臂。贾宝泉先生问我，长城在你心中应该是什么样子？我原想说出刚来时涌起在心头的那两句诗，现在看来，我要修正了：

> 一个民族的手臂上 / 凸起一道青筋 / 这是龙的传人 / 精神力量的造型。

下山时，大家不觉得累，因为累留给了苍莽的大山，留给了匍匐的先民，留给了像长城一样曲曲弯弯的历史。

初夏的大宁河

　　船过龙门大桥，我们就进入了小三峡的第一个峡谷——龙门峡。龙门峡以奇险著称，壁立刀削，绝巇千丈，古栈道的痕迹历历在目。我猜想，大宁河若不是水落石出，那么古人敢于在这又高又险的栈道夹板上来回走动，一定有着非凡的胆量和莫测的神力。我跟旅伴交换这种看法，他顺手一指：喏，更高处还藏着巴人的悬棺呢！抬头仔细地寻觅，果见在没入云霄的绝崖上有小小的黑洞，里边似乎有什么东西。拿望远镜的朋友惊诧得直跺脚，说看见棺材了，黑色棺木，小头朝上，是一根整木做成的。

　　巴人悬棺，史称僰人悬棺，是一种古老的棺葬方式。僰人主要生活在川滇交界四川宜宾地区的珙县、兴文、高县和云南盐津、昭通一带的崇山峻岭之中。宜宾古时候为僰侯国，汉代时设置僰道县。早在 3000 年前，僰人先祖的首领因率领部落助周灭殷有功，受到分封，称作僰侯。与别的民族不同的是，僰人的葬式采用悬棺，民间俗称挂岩子，僰人死后不入土行葬，而是把棺材悬于陡峭的岩壁之上。直到今天，在西南川滇山区古僰人生活过的地方，悬崖峭壁上仍可看见古僰人的悬棺。

　　初夏的阳光投在我们仰起的脸上，热情得让我们有些受不了。舵手于是敞开胸襟，一边摇橹，一边呼喝，我不知道这是不

是巴蜀传人的爽朗。刚才从巫山县城斜插过来，听导游小姐说，坐落在半山腰上的巫山县城即将迁走，当长江三峡大坝把以上的水位抬高175米时，这儿只剩下荡漾的碧波和船老

大的号子了。那时，大宁河也将被抬升起来，所有等待在浅滩上的纤夫可以扔下又粗又长的麻绳，去另谋手艺，"吴牛喘月时，拖船一何苦"只是他们的一种记忆罢了。

纤夫们坐在第二个峡口——巴雾峡的石磴上歇息，谈天，太阳照在他们黝黑的膀子上，泛出油亮亮的光来。这一天，看不见巴雾峡的雾，却正好看山猴子下到崖脚边找水喝。猴子小如野兔，在树梢上打着秋千，引得一船人无不喝彩动容。猴子受用不起这等赞誉捧场，争先恐后逃到繁阴里去，巴雾峡只留下爽心的朗笑。

水实在太浅，水底奇形怪状的石子在清水中自己显出面目来，像一面嵌花的壁挂。有时候船底从石子上擦过，发出尖厉的咔嚓声，不堪耳闻。导游和船老大意见合一，招着手叫我们全都下去，沿着大宁河边曲曲的石级小道，用各自的双足向上游走。导游还说，小道两边布满小摊贩，你们只能看，不能问，免得"买卖不成麻烦在"。其实也并不完全是这么回事，善良诚实的巴人和他们膝前的小东西一样，憨拙质朴，叫人喜欢且放心。倒是那位把上褂系在腰间的导游，怕我们从小摊上占了便宜而不再买她的古币影碟和首日封，用假话唬人才最叫人不放心。

我们重新上船，走过奇峰连绵的巴雾峡，进入小三峡的最后一峡——滴翠峡。此时暮色四合，绿影横陈，滴翠峡显得名副其实，连游客的义眼也看得蓝汪汪。蓝幽幽的初夏，在小三峡是一幅绝好的风景。我们伸手一捞，捞起的石头全叫三峡石，中国十大名石之一，它们泡在水中也是蓝汪汪的，捡起来却分明五彩斑斓。滴翠峡的浓绿不仅改变了水石的颜色，还一下子改变了我们的心境——带着蓝心情回去，总是一桩可人的收获。可惜适值枯水季节，船不能再上，我们只好对着神农溪和度假山庄而兴叹，至于那里更为玄妙的传说和迷人的景致，全都在众人的一声叹息里散作一串省略号……

我们趋之若鹜的大宁河藏在重庆巫山县，我的蓝幽幽的初夏藏在浅水的大宁河里，感谢五一长假，是它把巴山蜀水藏在了我的心里。

神秘谷

　　在去神秘谷之前，友人告诉我，天柱山神秘谷的神秘，全在于一大堆石头巧妙地排布，让人在迷宫似的石罅间扑朔迷离山回路转。石头造就了人们心理上的障碍，于是产生了无穷的意趣与神秘感。

　　进入神秘谷，我又有了另一层发现：大自然把它伟大的杰作用另一种方式呈现出来，这不是有序，不是井然，也不是参差，而是大乱。在惯常难能见到的地方，可以见到奇迹，这便是神秘谷诱人之处。

　　随便你坐在哪一块石头上，你都可以这样打问：自然在无序时竟能给人以大美，人能给予自然什么呢？如若叩问这些石头，它们也许会回答：人给予自然以热闹，是人类让自然第一次从混沌中醒来。人类的喧嚣吵闹遍及大自然的旮旮旯旯，自然以豁达的心胸接纳了人类，包括人类的一切缺点和劣势。

　　走进神秘谷，觉得每一块石头都有了生命，它们在和你共同感受天地间的神秘气氛，在悄悄承受风雪云霓走过之后留下的旅迹，在默默领受人间独有的审美目光。神秘谷把美隐藏起来，于是游客纷至沓来，于是幽幽深处才有了远播的名声以及石头们永远也听不懂的梦呓。

我突然想起了曾经看过的一组诗，其中有一首《河水》，写道：

"想起故乡的颜色总在飘摇／躺在心中的只是几个镜头／月夜／河水把故乡／复印在石头上／我是一条鱼／却怎么也游不进去"……人能游进故乡或者大自然胸怀的毕竟是少数，貌似亲近自然和故乡的人，其实总是在远离故乡，以一个外来者陌生的目光打量着这个画在纸上的方域或复印在石头上的虚影，却常常自作多情地打开自己凌乱的背囊，企图从里面翻拣出浅薄的印象和模糊的记忆。

神秘谷是这样说的，我们以乱为治，你们以治为乱。

我惊悚，好在大音希声。

那天，我们在神秘谷，也妄图将一卷凌乱的心情抖开来，和这里的情境和谐起来，融为一体，结果是以徒劳而告终。大家在深谷的一块不大的石头上坐下来，抬头看天，是一线天，石头装饰了天空，石头遮挡了眼帘；低头看地，满是石头，根本就没有

◎ 神秘谷　王恩乾　摄

路，正因为没有路，才发现游人觅得了无穷野趣；斜目看人，谁也变得不安生，爬的爬，钻的钻，惊叫着，骇叹着，然后向更深的石罅趸去。这无异于一群不安生的儿童在伟大而庄严的哲人面前指手画脚，叽叽喳喳。每一块巨大的思想的石头和情感的岩壁都袒露着，开放着，或释放着亿万年前的情愫，或默诵着亘古不变的恒念，或暗示着人类足迹的卑微和幼稚，但是所有的脚步都次第撵过去，生怕掉了队，这才是一群真正的无动于衷的人，我们，以及我们的前缀与后续。

人们通常的兴趣就在于这样的状态中，好比洪水在凌乱坎坷的河床上才奔腾得更为欢快迅疾。人与自然的融洽和谐是一个永恒的话题，哪怕再险峻的景区，比起人的心坎，还是平缓得多、敞亮得多。人在意念的驱动下或欲望的躁动下改造着自然，同时也破坏着自然，毁坏了她许多姣好的容颜。我们不乏听到精神家园的说法，可是真正回归精神家园谈何容易。李白在《西岳云台歌送丹丘子》一诗中吟道："荣光休气纷五彩，千年一清圣人在。"眼下，可谓是河清海晏了，人和自然、人和社会的和谐问题已经引起了国家和政府的高度重视，我们有理由相信，神奇灵异的自然风景和社会风情都会用博大的爱心将我们紧紧地搂在她们的怀抱里，我们用不着大惊小怪，完全没必要时时躁动处处不安。大自然眷顾我们的每一缕目光都是那么敦厚、那么宽容、那么滋润。

但是，有些神秘谷不得向你开放。

古寨杜鹃

看杜鹃花，我以为最好还是到大别山西南八字岩上的马元寨。

仲春，一个十分晴朗的上午，我和镇里包点干部张主任同去马元，看了一回古寨上多彩的杜鹃。

张主任说，马元杜鹃与别处的不一样，奇特在颜色各异，你可以在这里看到从未见过的杂色花瓣和诸般绝配。是的，通常我们在山里看到的杜鹃花不过水红、绛红、大黄几种，而马元寨上的杜鹃除了炽烈的红、沉淀的黄，还多了蛋青、乌酱、玉紫和玄赤等多种颜色，而且相互交杂，错落缤纷，看起来就像读一篇丰盈的赋体长篇、散句与整句交融，四言与六言互衬，赏心悦目，款步怡神。难得阳光那么祥和地照着，满山芳馨，深入毛孔。

马元是一个村，在岳西之西，横山脚下，属来榜镇。它的东、西、北三面都是悬崖绝壁，唯有南面缓可进入，但是需迂回迁绕，外地人一般不知道这里竟然道可通途。我们登临之后，可以隐约看到寨墙在南侧，而另外三个方向的寨门尚在，只是遥不可及，未能睇睨。

登高一望，三面悬崖深不见底，而头顶上的太阳似乎触手可及。我打心底佩服明末义军在此筑寨抗清的眼光与胆识。相传守在马元寨上的首领竟然是崇祯四太子永王，而屡次攻打山寨的李自成部属却对其无可奈何，后来山寨终因粮草匮乏，才被清军攻克。据说四太子慈焲遁入深山，转至茅山，立一土庵名"永言庵"，他自己做了和尚。张主任说，今天五河镇的茅山，永言庵尚在，不知能否在那儿找到一星半点慈焲的遗物来证明真是四太子的踪迹所至。想来多是民间杜撰，文人附会，以增景点之盛名罢了。我想也是，崇祯命挂梅山树杈，他的儿子跑到大别山来躲避，也未免太远了点。

然寨以人名，人以寨存，山水文化就是这么搂臂把手地演绎着为后人所津津乐道的历史，其中有一些，已然成为我们不但坚信而且虔诚顶礼的俗世风范。

人说马元杜鹃是因为将士的鲜血浇灌，才那么姹紫嫣红、赤色殷殷，我看过了这一回，始信。因为只有血沃躯沤，才得留下与众不同的芳姿异彩。大凡卓出者，他的身后都有着煊赫的传闻，或神异非凡，或大德其昌，不是令人高山仰止，就是叫人自愧弗如。

于是，我们到一处坍塌的寨墙基上捡拾瓦片。这是明代的瓦片吗？厚得像半块豆腐，却坚硬得如混凝土浇筑。瓦片上，布纱留下的印记清晰可见，通体幽蓝，倘在星夜，便是一些散落在丛林碎石间的眼睛。它们醒着，看一场雨来，听一阵风去；乜斜着一些装束奇异眼神驳杂的人捡起它们，又扔掉它们——唯独不见马元的马了，只有一山绚烂的杜鹃。

蝉鸣热烈，更显得山寨寂静。爬上寨门顶，站在三四张门扇那么大的石块上，更加弄不明白古人是怎样将这么大的石块抬上几丈高的寨墙，又是怎样把寨墙砌得如刀切一般齐整。盈握的杜鹃花根裸露着，在石块间，在墙头上，在门道里。我只觉得力量并不完全来自身体，更多地来自精神、来自信念和毅力，甚至来自穷途末路。

马元太偏僻了，这里的人生活习惯多少有些原始：种子装在葫芦里，葫芦挂在房梁下；随便一根圆木便是锄把，锄头挂在大门的斜楣上；萝卜未拔，开花结籽，又是来年的种子。然而居民信息灵通，跟外面的人一样栽瓜蒌，植茭白，育灵芝，种木耳。村路几乎修到了寨墙下，马元寨不要多久将会被吵醒，这是一定的。

如果仅仅来欣赏各色杜鹃，如果仅仅来凭吊历史遗迹，那么，马元寨幽蓝的瓦片会在四月和煦的春风与温暖的阳光中翻个身，并为你睁开惺忪的睡眼。

这有张泽润先生《游马元》一诗可证：

> 好趁晴明再度游，马元寨上念悠悠。
> 鹃花映日春三月，侠骨埋香土一丘。
> 手抚虬枝思往哲，身临绝壁起新愁。
> 归途仁看溪中水，若此潺潺万古流。

好一句"侠骨埋香土一丘"，马元杜鹃的奇香确乎已经飘入历史。

◎ 古寨杜鹃　张泽润　摄

走过乌镇青石巷

9月中旬，我和本地的两位作家朋友一道，从318国道经湖州到达乌镇。车上人说，乌镇现在已经不是一个纯粹的小镇，她是一个被文化和旅游两片砂轮打磨得灿灿亮亮的中国古镇品牌，是颗乌黑发亮的古典美眸。

因为乌镇的水灵，说她是古典美眸，或者古典美眉，都是恰当而令人神往的。到达乌镇，就发现乌镇的美果然更多地在于柔波流转的水，在于水边淡雅安恬的青石板街。水是她的明眸，那么青石板街道无疑是她妩媚生姿的眉睫。乌镇打出的广告是"一样的古镇，不一样的乌镇"。这不一样，也许就在千年人文古镇的水墨大轴被一束青丝给挂起来了。

是的，就如同我们家乡的清晨或黄昏，炊烟渐渐升起，袅袅地挂向蓝天，它的下端系着一幅古朴的山水临摹作品，系着外乡人百看不厌的情愫。乌镇的青石街，是有生命的，是律动地播放着古镇情事和水乡趣事的旋律。每一块石头，每一方青砖，每一个曾经踏过的脚印，都在这里留下它原汁原味的反转片，虽经沧桑岁月冲洗，虽由人情世俗显影，它给人的感觉依然是梦一般的记忆、爱一样的眷恋。

乌镇街巷的青石，是《香市》的门槛石，是《林家铺子》

　　的踏脚石，是一个时代的厚重版本。当你沿着这悠长而光滑的巷道向前走去，当你幻想着在青石板的转角处碰上一位丁香一样结着愁怨的姑娘，当你兀自设想会有64个进士、161个举人次第与你打着招呼，当你揣测着乌镇的"乌"是否就是少女的秀发和村姑的黑眸甚至大嫂的螺黛时，你一定会产生一腔千娇百媚的好奇心，因而，哪怕一个踉跄一瞥乜斜，你都在谨小慎微里且惊且喜，半蹙半颦。

　　你原本就走在石刻水印的那卷莘莘古籍的装订线上，走在四月烟雨迷蒙的柳馥桐香中。

　　我不知道桐乡与"梧桐之乡"有无关系，我只看见倒映在河面的是座座古桥，是羽羽阁檐，是片片云朵。云朵间荡着一只只悠闲的小船，小船上也许正温暖着吴侬软语。听介绍，乌镇水网密布，镇内的河道支流无数，桥梁众多，有"百步一桥"之说。经千百年的风雨侵袭，现今仍存有30多座可供行走的特色之桥。

古桥多因地势而建，所以它们的样式也迥异出奇，卓然多姿：或拱窿，或平铺，或简设，或轻搭，衬着飞檐白墙，直教曲水留鸥，清波泛银。你溯流一望，便望见几多商贾算盘，文士吟讴，渔父归舟，媛女采莲，一一被小桥流水纳来，又叫轻风白月送去。只有青石板记录下来了这些呕哑啁哳、这些潺湲欸乃。好记性的青石巷竭力挽留我的脚步，我只能让每一步轻些，再轻些；慢些，再慢些。

留意河的两边，都是古色古香的木制房屋，这些木屋大多是清朝早期建筑。乌镇的民居相对集中在观音桥以东，保存十分完好，梁、柱、门、窗上的木雕石刻让人觉得先人的技艺并不亚于现代人，而他们对于一个小镇的规划与布局竟然是如此娟秀和完美，真的值得我们许多园林专家和建筑工程师好好学习。水阁枕河而建，倚岸而立，三面置窗，凭窗览景，实在是一种秀色可餐、待月可沽的永久享受。

青石板上的乌镇有许多百年老作坊，有很多传统手艺，像织锦作坊、挑绣作坊、蚕丝作坊和纸伞作坊。这就显出了乌镇的地道，她不随世俗忸怩作态，不借助市嚣搔首弄姿。那些传统的招式里，那些精湛的工艺中，有着地域的声名，也有着纯净的操守。

青石板上的乌镇有风味独特的美食。熏香的臭豆腐，醇和的甜面酱，清幽的荷叶粉蒸肉，热辣的姑嫂饼，鲜香的山羊大面……无不争相撩起你的食欲。说起乌镇的吃，不免要指给你一个佳境：坐在那条柳叶舟上，于月下阑珊的灯火中，一边聆听艄公吟哦，一边在小木桌上摆开美食，细咂慢品，你才会品出人生的那么一点况味——古典明月照着你用MP4听歌，千年滋味养着你用普通话向古镇道一声"晚安"。

硬底皮鞋在青石板上打下一颗未圆的句号，乌镇的春夜就要收起在我的日记里了。虽然离深秋尚远，乌镇天空的月和水底的月还是暗送了我两泓秋波。

晋江风吹我

　　晋江，在一个外地人的眼中，究竟是个什么样子呢——仿佛泉州城颔下一条漂亮的领带？似是泉州人手中抖动的悠悠蓝绸？抑或是如实记录泉州经济文化迅速发展的一截彩色胶片？

　　我是喜欢泉州这个古老而又年轻的城市的。在我的眼中，如果说泉州是一位美人，那么，晋江便是她脖子上一条闪闪发光的珍珠项链。

　　那一年，我的兄弟姐妹们纷纷邀约起来，决定走出大别山，走出那个每到立冬时节就飘起鹅毛大雪的地方，那个在当时还只能生长苜蓿和苦荞而难以奉献甘美和富庶的深山地带——来到闽南的一个开始为人们津津乐道的滨海小城。为此，我的堂兄弟偕着刚过门的嫂嫂，陪着他们的父母刚过罢新年，就双双搭上了开往泉州的长途汽车。于是，我知道了泉州，心里从此刻上了一个美丽而让人魂牵梦萦的地名；也知道了晋江，一条孕育着繁荣富裕和亚热带风光的文明之河；我还嗅到了刺桐的芬芳，那朵早在700多年前就已经飘进"光明之城"的历史之花。

泉州早在北宋时期就是一个开放口岸，中国珍贵瓷器就是通过这个港口运往国外的。改革开放以后，泉州如鱼得水，私营企业迅猛发展，玩具、电子、彩塑、服装和皮革工厂星罗棋布，周

◎晋江风吹我 叶青 摄

边一个小村就有几百家作坊。这些手工作坊特别适宜于文化水平低、劳动强度小、经济收入中等偏下的劳动者。因此，有一个时期，安徽、湖南、四川的打工族蜂拥而至。

2000年深冬，我从一场大雪中出发，经过两天两夜的颠簸，越景德，翻武夷，涉沙溪，过篷壶，终于来到与惠安近在咫尺的泉州。一座祥和宁静井然有序的古城，一个欣欣向荣民风淳厚的口岸，满城的刺桐花红得像霞，灼亮了行人的双眼，也点燃了加入泉城打拼的男女的激情。虽是隆冬，这里却满是碧翠的芭蕉、林立的甘蔗、莹绿的杬果、葳蕤的榕枝。一街奇香熏醉了初来的兴致，缭乱了陌生的脚步。从聚宝旱闸走上泉州大桥，极目四顾，霭霭春色已经在新年的阳光下轻轻笼上晋江两岸，粼粼波光一浪浪荡开活泼泼的涟漪。以前，我的兄嫂带给我的关于晋江的印象太微不足道了，晋江岂止是一条普通的流水，又哪里是一条单纯的河道，她悄悄掠过泉州城，抹过鲤鱼湾，分明成了千百年来诗人墨客抒写情怀的一脉平水诗韵；当她注入泉州湾，汇入台湾海峡时，也许是哪一位音乐家铿锵琴下优美流畅的延长线。

兄嫂接通电话，激动的声音有些哽咽地说，你怎么到这儿来了？我说，我怎么就不能到这儿了？我来为的是看晋江。是的，我是冲着晋江来的。置身晋江岸上，便是置身泉州；聆听晋江絮语，便是聆听海峡两岸的心灵默祷。尤其是晋江在晨光中启开明眸，用多情的眼光打量我这个山里来客，她是那么鲜活年轻，美丽动人。同安插在一些无名小厂的我的兄弟一样，我只是一介山里汉子，一个在车床上炮制玩具配件的憨实农民，一个在电子车间装配零件的稚拙学徒，而我的兄弟却在这里炮制着梦想和富庶，装配着自强与自尊。他们无暇像我一样，可以自由自在地走上大堤，眺望滔滔江水和羽羽白帆，俯视束束榕须和排排扳罾。但晋江给了他们许多，不仅仅是令人艳羡的收入和技工娴熟的操作能力，更多的是开放的视野，是崭新的理想，是人生头一遭自审自信的膂力和步履。晋江与家乡远隔1500多千米，但她一样用芬芳甘甜的乳液喂养着我的兄弟姐妹。

入夜，鲤城游乐场彩灯灿然，游人如织，装饰成巨大海鲸的彩虹门真有骑江跨海之势，而大桥上的千百只石狮一个个矫首昂视，威风凛然。然而我却有了一丝孤独感、一丝莫名的怅惘。刚才接到一个电话，嫂子说又有一车货没能通过验收，他们这个月的奖金又会泡汤。我知道这是嫂子向我解释哥哥没能来陪我逛夜市的理由。其实，我准备采写罢最后一篇关于那个自行车案件的稿子之后，马上就回去了，不想他们艰难的打工生涯，居然又牵住了我返途的脚步……

回来的时候，已经是新年过罢，春雨当头。

……

决定再次去晋江，是在6年后。此时，兄嫂已经不在那儿打工，家乡周围的熟人在那儿的也很少了。他们或成家，或办厂，或深造，或走得更远。泉州于我只是一个印记，我想，我毕竟曾是那年发往泉州的某一个信封上的一枚邮戳，淡淡的，浅浅的，带着一些寒意，黏着一点土俗，附着一些意趣，现在再次打向那里，是否还有兄嫂当年留下的一份对于泉城的情怀呢？

对于浪迹的人生，我把握不住。

烟花三月下扬州

　　每天读电子报纸,《扬州晚报》是我必读的首选,为的是看副刊"二十四桥"。

　　早在杜牧的诗里就读过扬州二十四桥:"青山隐隐水迢迢,秋尽江南草未凋。二十四桥明月夜,玉人何处教吹箫?"这是深秋的江南月夜,这是多少有些萧瑟的瘦西湖边,我感觉到浑身冷飕

飕的，于是合上《唐诗选》，走回江北的春夜。

真正走进扬州是在去年柳梢吐翠、桃枝添红的三月，正暗合了李白的"故人西辞黄鹤楼，烟花三月下扬州"名句。不过，我没来得及细细体会李白诗中那个"下"的感觉，只是跟随游伴闹嚷嚷地就到了扬州，就到了瘦西湖公园，就进了二十四桥宾馆。

很扫兴，我竟然不是"下"扬州。

那个"下"，在我完全脱离了原诗的背景而信口吟诵的时候，偏有一种大别于高低方位的寻常感受，那是一种掺和了自得与骄矜、奢豪与快慰诸般态势的复杂步履，那是一种清雅高士满怀烟柳春风的流丽之行。

那么，上扬州呢？我说的是"腰缠十万贯，骑鹤上扬州"的那个"上"，然而似乎更不是，从长江流域看，我们安徽本来就在江苏上游，又哪里谈得到"上扬州"？

总之，来到这个包容了南北园林风格的具有 2500 年历史文化的江南名城，眼界还是大开了。我触及了具有扬州美女一般清秀而灵动的水乡的水。有人说，水是扬州的灵魂，水是二十四桥的媚眼，水让扬州古城充满了朝气与魅力。又有行家评说，之所以诗人用"下"，是按照水势而言的，智者乐水，水之所归，人之所随。这话没错，我们眼下，全是水的杰作。十里扬州的繁华物事，都是依着这瘦西湖的碧波鳞浪衍生的。水光潋滟，晴和生姿，几多温馨与娇媚就在其中。走在这样的柳堤花径之上，走在这样的曲栏石桥之中，有柳丝拂面，有飞花迎眉，有红鱼入目，有翠袖招人……桃苞欲绽，只是未逢知己；柳莺作歌，想是感念故人。看画舫荡波，似诗人笔走龙蛇，一行妙语就流曳在轻舟底尾；玉桥横卧，像佳人出浴，几多落雁竟呆成座座桥墩。瘦西

湖的水在春天便是美酒了，甘洌而清醇，一点点，就醉了南来北往的游客。

在二十四桥宾馆三楼的露台上眺望扬州三月的薄暮，你会欣欣然自语：这就是玉人吹箫的桥头，这就是骑鹤寻访的所在！唐代徐凝是否也是三月的一个下午到达扬州的？不然怎么会偏偏为扬州做广告："天下三分明月夜，二分无赖在扬州。"我比徐凝大得口福，在这里吃上了朱桥甲鱼。这道菜又名"老龟献寿"，价格虽然贵了点，但味道确实富有特色，特别是山珍海味都有了——甲鱼，海参，鱿鱼，春笋，芦干，外加一个大大的果酱"寿"字，令人对这淮扬名馔刮目相看。

那晚的月色不是很好，可能是水汽太重，也可能是云重春阴，通向静香书院的折弯甬路显得极其幽僻，而亭外的灯光似乎也不愿睁大眼睛觑看我们这些北地的汉子。亭榭假山和清池月影都有些朦胧，也有些倦怠，这可以理解的，美人的扬州不胜看顾之劳，她要枕着书香小憩一会儿，说不定哪一天又要来一批李白、杜牧和徐凝们。

导游告诉我们，京杭大运河的第一锹从扬州开始，扬州因此

成了"中国运河第一城"，今天申报世界文化遗产还是靠着它呢。运河的水与长江水贯通，促进了盐运漕运，推动了扬州的繁荣，造就了独具特色的城市文化。这里，扬州园林、宗教文化、水乡风情、扬州建筑，全是凭运河之水贯串南北，享誉中外的。

扬州，好一个具有活力的名字，好一个富有魅力的城市。《禹贡》说扬州"州界多水，水波扬也"，最初看重的也是这水。一掬扬州水，双眸便自知。这样的句子不能成为流传的诗句，但它是我脱口而出的，我以此来纪念扬州之行。离开扬州，感觉到没有看够的还是那水。春风十里扬州路，一路无时不水灵。《扬州晚报》的副刊编辑曾电话告诉我，来扬州务必去做客。这次却因为人多，免扰了，下次来瘦西湖边，一定坐上你们的"二十四桥"。

枫桥秋意

扬州我只去过一次，苏州却已是熟地重游了。

姑苏正起秋意，短衫的两只袖口感受着凌凌秋风，它似乎也在吟诵着古运河上飒爽的秋思。沿河柳树翠色未褪，纤条如发，微风中摆动着款款风姿。落日衔山时分，想来寒山寺的钟声正在酣眠，而诗人张继也还没有沥干那壶陈年老白干。

无意中却听见李白也在姑苏闲游，似乎就在老城外围的堤岸上举目四望。"稍稍来吴都，裴回上姑苏。烟绵横九疑，漭荡见五湖。"我知道青莲居士会来的，对于一个遍游五湖四海的诗人来说，再也没有像苏州这样一个古色古香的老城更适合这位游侠发幽古之思了。苏州应该称得上一个神清气定、耐得住寂寞的城市，尽管游客早已把这里聒噪成中国十大旅游名胜景点之一。姑苏真是一位"老姑子"了，她城府深，历史久，规模大；她兼具水陆和合、郊街相偶的特点，至今古城区还端坐在2500多年的原址上。鉴于她不可多得的水陆佳构，李白欣然在一个清秋之暮来到姑苏台，写下了《乌栖曲》的名句："银箭金壶漏水多，起看秋月坠江波。"很可惜，我来的这个晚上是无缘晤见苏台明月了，因为这还是农历的八月之初，难得一睹"月坠江波"的夜景，且晚上要在一个指定的地点聚会，由不得一个人去追寻那弯诗意的月亮。

归聚的地点是寒山寺。来苏州不到寒山寺，的确有点游兴寡淡的遗憾。随行的一位美术老师完全是冲着寒山寺来的，他的画夹如一方枕席正温着水墨之梦。我们尚未走近，看寒山寺像一只画舫，静静地停泊在运河边上；而枫桥却俨然是从船头抛起的一条缆绳，它要着力将这座古寺向北拉去。我不知道千百年来文人墨客为何总喜欢瞩目这座拱桥，并且由它勾起无边的诗兴。你看，杜牧《怀吴中冯秀才》诗云："长洲苑外草萧萧，却算游程岁月遥。唯有别时今不忘，暮烟秋雨过枫桥。"南宋诗人范成大《枫桥》诗云："朱门白壁枕弯流，桃李无言满屋头。墙上浮图路旁堠，送人南北管离愁。"

南宋爱国诗人陆游，当年投笔从戎西赴巴蜀，途经苏州，也写下了《宿枫桥》一诗："七年不到枫桥寺，客枕依然半夜钟。风月末须轻感慨，巴山此去尚千重。"明人高启在《泊枫桥》中发出这样的感叹："画桥三百映江城，诗里枫桥独有名。几度经过忆张继，乌啼月落又钟声。"清人沈云椒《晚过枫桥》也说："雨不成丝柳带烟，暮天远水正无边。客愁最怕钟声搅，不向枫桥夜泊船。"此外，王昌龄、王安石、苏轼、吴文英、韩奕等都写过大量有关枫桥的诗词。

枫桥俨然是一座诗桥。"桥上行人桥下水，悠悠独向此中

来。"我忍不住也发了一声默叹。

渐渐就到了寒山寺照壁前。照壁在山门之前临河而立，旁有婆娑的绿茵簇拥，下有粼粼的波光映衬，显得禅意森森，气度凛然。由三块大青石刻出的"寒山寺"三字，笔法古雅，力藏千钧，似乎自寒山大师之后，历史的底气和俗外的超然都熔铸在这铁钩银画之中。我兀然发现人的一生就像一个汉字，他的每一个笔画，有的平稳笃定，有的凌厉峭拔，有的婉曲蕴藉，有的圆润孤独……"寒山寺"如果是三个壁立的人，我倒觉得他们真的入禅淡定，满目空明了。这样想着，悄然转身回望枫桥，又如一仆偃卧的背脊，仿佛等待着肩起一寺冥冥的叮嘱和一路众生的踢踏。

然而，我要寻觅的，仍然是姑苏城外的枫桥之秋。

这里的确有枫树，但尚未染丹，也许秋风吝啬，或者寒鸦还在旅途之中吧。在桥头，在槛外，在亭塔脚下，几株青枫像青衫士子，像歇脚挑夫，一任游人从它们身边往来，连枝条也不招摇一下。与一株秋枫比起来，我们则浅薄浮躁得多了，为了追寻一首诗，为了考证一个典故，我们费了多少周折，卖了多少青眼。

明明是河边枫树，为什么偏要叫作"江枫"呢？我得向学问家请教了。得到的答案是：夜泊中所见的枫树之所以称为"江枫"，也许是因为枫桥这个地名引起的一种猜想，也许是选用"江枫"这个意象给读者以秋色秋意和离情远思的暗示。（《唐诗鉴赏大辞典》杨旭辉）如此，倒让我想起白居易《琵琶行》中的句子：浔阳江头夜送客，枫叶荻花秋瑟瑟。诗人们之所以选择秋枫来作为抒情意象，并不是以此象征人们的情思正燃烧得火红，相反，倒有"泪血染成红杜鹃"的寓意。

这寓意对今天的游人难以引起多少共鸣，也许是今人的幸运："对愁眠"绝对不如对灯红酒绿而眠，也不如对瑶海床垫而眠。因为"愁"这个东西毕竟不是大众消费品，就像诗不是大众消费品一样。

然而每个人的一生却又都在写他自己的一首诗，只是有的写在卷帙里，有的写在碑塔上，有的写在行旅中，有的则写在他毕生的蒙昧里。

婺源春行

　　早就听说中国最美的乡村婺源值得一看，那里不仅仅有美丽的自然风光，更有深邃的徽商文化和古朴的民风习俗。更为有缘的是，婺源与安徽有着不解之缘。

　　车过长江，从东至西直向景德镇，翻珍珠山，过中云，就到达了婺源。春日的婺源，绿树发新叶，竹园添新笋，大片金黄的油菜花粲然盛开，在阳光下烁金灼银，撩人眼目；春水荡漾处，水鸟蹁跹，山影横斜，更增添了古村落的韵致与情调。朋友说，山水在别处，确乎如此。

午后到千年古镇江湾，看历史中的婺源之"源"。这里的建筑大多建于隋末唐初，是古徽州风水文化的典范，随处可见的徽式建筑无不显出苍劲、拙朴和沉凝的特色。漫步村中，我们观赏了至今还保存完好的三省堂、敦崇堂、培心堂等徽派古建筑，游览了萧江宗祠、江永纪念馆、南关亭、北斗七星井等游人簇往的景点，并对建筑式样和用料进行了探究，发现古婺源实在是一部藏在民俗中的经典之作，它所保留的，正是在我们的文化中即将或正在流失的，哪怕是一个榫头、一件雕刻或一笔墨迹。

转至李坑村，看到的多是明清古建筑，民居宅院沿溪而建，依山而立，粉墙黛瓦，古色古香，让人想起宏村和西递的马头墙以及幽长的古黟民巷。这里的街巷也是溪水凌凌，纵横贯通，间以青光幽幽的石板小道和玲珑剔透的木石小桥，使人如入山家水墨写意，心里兀自生出许多感慨、许多牵系。

踏入晓起村，即听见有人情不自禁地吟咏起"古树高低屋，斜阳远近山。林梢烟似带，村外水如环"的佳句。导游提醒，来这里不能不看看村后那棵年代久远的古樟。果然，樟树年代已久，便想若是凌晨远仁，它分明是全村永远"晓起"的长者，总是那么精神矍铄、那么器宇轩昂。导游进一步介绍，因为这棵树的盛名，村中的农户也发展起了樟木产业，而且很有名声。行走在村道上，不时有香气扑鼻而来，沁人心脾，那香气既是香樟的气息，又是油菜花的芬芳。晓起村有成片的油菜田，把村道掩映在花海中，蜜蜂嗡嗖，蝴蝶翻飞，游客的相机不停地眨着眼，一帧帧彩色图片带走了春天的笑容，却带不走村姑的绿衫红帕，它们属于婺源的山水，属于婺源小伙子的真情挚爱。古朴典雅的明清幽居，曲折宁静的街巷小径，青石铺就的驿道甬路，叶碧风清的自然环境，以及遮天蔽日的古树繁阴，都使晓起这个好听的村名越传越远、越远越响。

傍晚时分，古村落又是别一番景象。疏疏落落的灯火，点点滴滴的露珠，隐隐约约的犬吠，三三两两的行人，簇簇丛丛的树影，全在婺源阔大的夜幕下，慢慢地酝酿着神秘，缓缓地更迭着时光，渐渐地濡染着画面。婺源于是成了诗，意境幽邃，格调清新；婺源也就成了画，墨生五彩，韵入四季；婺源当更成了谜，有一千个谜面，让你把它猜成中国乡村的一千种谜底，然而它最确切的谜底终究只有一个，那就是美。

为了让游客白天饱览风景，晚上享受风情，尽情感受"中国最美乡村"的原始生态与厚重文化，他们还组织了舞蹈演员和歌唱家，利用现代科技手段，将婺源非物质文化遗产徽剧、傩舞，以及灯彩、茶道、民歌等搬上舞台，为游客奉献各种味道的文化大餐，充分展示了婺源"书乡""茶乡"的文化生态魅力。

婺源的夜无疑是一滴馨香浑圆的神墨滋润开来的。

婺源在历史上曾经一度归安徽管辖，与徽商文化有着深厚的渊源，风俗习惯、房屋建筑、饮食居住与徽州其他各县大体相同，保留着徽商文化"和合"的风格。难怪皖西南的民居至今仍然与这里的建筑式样不谋而合，原来机杼同出，渊源一脉。

婺源自古文风鼎盛，人杰地灵，鸿儒朱熹、铁路工程师詹天佑、著名学者金庸都是从这里走出去的。自宋至清，婺源共出进士552人，历朝仕宦2665人，著作3100多部，其中172部入选《四库全书》。婺源博物馆有馆藏文物万余件，号称"中国县级第一馆"。婺源的人文景观令人惊讶，难怪老外在这里一个劲地

伸出大拇指，连连"OK"。

在婺源一些著名的风景点，在鳞次栉比的徽派古典建筑群里，在与村民们的交谈间，在我们看到的文物、对联中，我们都感受到徽商文化的丰厚与深邃，体验着徽商文化对周围的熏陶和影响，思索着徽商文化本身的博大精深。婺源给予我们的，不仅仅是眼前的美好享受，更多的是隽永而恒久的沉淀，是地域文化折射出来的灿烂光华和哲学神采，是寻常生活光环之外的本真和操守。

登白帝城

　　我是在三峡大坝截流之前登上白帝城的。

　　白帝城位于重庆市奉节城东4千米处，立于瞿塘峡西口的长江北岸。如果说长江是一条系在历史老人身上的玉带，那么白帝城便是镶在那带子上的一颗璀璨的珍珠。此地古称鱼腹，地名来历逸闻颇多。相传，东汉年间，有个叫公孙述的人来到这里，见殿井中有一股白气如龙游出，便以为是祥瑞的征兆，于是自称白帝，筑城而为白帝城。

　　儿时读着李白的《早发白帝城》，但不知"朝辞白帝彩云间，千里江陵一日还"的始发之地便是这里，及至读了郦道元的《水经注》，才知道"朝发白帝，暮到江陵"是指从重庆市奉节县到湖

◎登白帝城　王恩乾　摄

北江陵县。后来学文学史，进一步了解了李白于公元759年流放夜郎时，途中遇赦，从白帝返回江陵，这时候心情自然晴朗了许多，故而诗中有"两岸猿声啼不住，轻舟已过万重山"之句了。

我们的船虽然称不上是轻舟，却也迅疾。这艘船叫作"吉辉"号，是晚上7点由巫山开往重庆的。整整一夜逆行，刚好黎明时到达奉节。出船舱，过浮桥，越滩岸，踏石阶，向着掩映在初夏的浓密繁阴中的白帝城攀去。此时，从夔门涌上来的白雾还没来得及消散，白帝城绿茵茵的幽梦却已被接踵而至的游客脚步给踏破了。

层层石阶，道道回廊，匝匝树影，节节吊车，白帝城像一只海螺，藏着几分峰回路转的迷离。也许正是蒙着这一层耐人寻味的幽美，历代多少文人墨客都曾乘槎仰观，争睹"夔门天下险，白帝云中奇"的景观。唐代诗人李白之后，杜甫也匆匆赶来，他是从成都草堂来的，来了之后，在这里留下了《负薪行》《白帝》《秋兴》《登高》等不朽名作。你听："无边落木萧萧下，不尽长江滚滚来"，这大气磅礴的警句，就是诗人在此登高远眺时吟出的。"高江急峡雷霆斗，古木苍藤日月昏"，他简直用奇谲的诗语把一座古城的特色概括净尽了。唐代另一位著名诗人、写过"斯是陋室，惟吾德馨"佳句的刘禹锡也来了，并且，他跟白帝城的关系更为密切。公元822年，他任夔州刺史，在当年先主刘备的永安宫里泼墨挥毫，仿照巴人的民歌体写下了几组《竹枝词》，其中有脍炙人口的"杨柳青青江水平，闻郎江上唱歌声。东边

日出西边雨，道是无晴却有晴。"当然，身为刺史的刘禹锡在蜀汉先主庙前，发出的却是另一番感慨："得相能开国，生儿不象贤。"不知道太子刘禅听了这两句，会作何感想，他还能那么乐不思蜀吗？

走近刘禹锡，背靠他的塑像合一张影，感觉那石像坚硬硌骨，脊梁铮铮，这也许是他参加王叔文革新运动遭到失败、被贬夔州而仍然昂首不屈的那种气节的呈示。一个朝代的兴废，总会挺出几茎刚直的骨头，尽管它最终会浸润到无奈的慨叹声中。你再听，隔山遥望的白居易也对着白帝城来上这么两句："瞿塘峡口水烟低，白帝城头月向西。"他分明在咏叹一段历史的余韵。奇妙的是，白居易自上而下的审察角度，本身就给了我们一种烟波苍茫中人生不再的启示。和白居易的目光相反，同一时代的诗人胡曾正蹙眉驻足遥作东望："蜀江一带向东倾，江上巍峨白帝城。自古山河归圣主，子阳虚共汉家争。"作为胡姓的诗人仿佛正在为刘家说话。吟罢此诗，我们早已置身白帝城最引人注目的景点"托孤堂"了。

托孤堂里光线阴暗，有一种凄凉沉寂的氛围。可能是游客太多的缘故，我挤了好长时间才见到病榻上的刘备，见到刘备"一手掩泪，一手执其手"的诸葛亮。可是当我稍一松动脚跟，竟然又被人挤下阶沿而只看见一些21世纪的颈项了。幸亏我还记得《三国演义》中刘备的遗诏："……勿以恶小而为之，勿以善小而不为。惟贤惟德，可以服人。"我拍拍把我挤下台阶的那位游客老兄，小声说："你我都得站稳脚跟啊！"

明亮的太阳升上来了，我们到达白帝城顶峰，俯瞰大江，杂绪纷然。长江，它像从夔门展开的一幅长轴，上面是些饱蘸江

浪、笔撼山岳的千古雄文。白帝城确实在诗家巨擘的意韵里、在浪浪相撵的脚步中，深深地藏着一些让人难以索解的隐秘。

　　附记：2002 年 11 月 6 日，白帝城便在三峡工程导流明渠截流合龙的号令声中开始慢慢降下了它的"身份"，也就是库区水位上升，白帝城将成为一个江心小岛。据报载，白帝景区淹没的损失在千万元以上，昔日"白帝城高，瞿塘峡险"的风貌不复存在。另外，据地质勘测，白帝城山质不怎么坚固，江水淹没后，冬夏之间有几十米的落差，山体是否能承受水涨水落的考验，还难以估计。甚至若干年后，千古诗城白帝有可能完全沉入江中，到那时真是"帝子苍梧不复归"了。

　　白帝城，但愿你仍能"拍马西风得得来，夔门险处立崔嵬"。(陶澍《登白帝》)

安步闲情游水圳

　　几个老伙计到江南水乡一走，忽然有了一个发现，觉得从内心深处厚待水的，当首推皖南黟县宏村人。宏村人住在一个称为牛形的地方，祖先从一条河的上游引水入村，千弯百转，绕村穿户，整个水系形象地喻之为牛肠子，最后汇到一个池塘里，叫作月沼——映月之沼。这种水利体系就是宏村别具一格的"水圳"。

　　据说，在宏村，各家各户都遵守这样一个信诺：每天早上8点钟以前，流经各家门前的清清溪水只可汲取饮用，不可在里面洗濯物件。8点以后，女人们才提着篮子，捧着碗碟蹲在青石板上洗涤。至于一些龌龊之物，仍需送到村外小河里去洗，即使是入村一目了然的南湖，也同样保持着清澈明净，难以见到一点杂物。来宏村游览最高峰时每天可达

到 6000 人，游览者中有不少外国人，他们对这里的水圳称赞有加，认为它是中国乡村水利设施的一大发明。

像沧浪之水一样，清可濯缨，浊能濯足，宏村之水不仅用来煮饭做菜，洗漱烹茗，而且极具观赏价值。曲水之侧有井，井里有红鱼青鱼，有细藻荇蔓；直水之上有水车，咿呀作响，水花泛起，珠玉溅落，颇有古色古香的韵味。平石流泻，一曳而过，分明是"明月松间照，清泉石上流"的写照；碎石百叠，阻击水流，又见出"哪怕千回与万阻，一心要向大江东"的本性。水的雅致与精神，水的秉性和气质，在这里各得其所，各显神通。难怪在宏村，若是有谁污染与破坏了它的水圳系统，不啻是坏了他们的祖坟，毁了他们的龙脉。而作为到此一游的文人墨客与有心人，谁不为这样艺术而独特的水圳感到新奇和满意呢？谁不对如此井然恬然乃至怡然的水文景观交口称赞并将其视为江南水文化的上品呢?

我们悠然踱到一户古民居"敬慕堂",看见一位艺术学院的学生正在门前台阶上写生,画的就是这"牛肠子"。曲水沿着古巷道,从石磴边浅浅的渠道里流向黄昏,流进古黟人的方言俚语,流入一抹晚炊的烟霭和牧归的呵斥声中。汇流千珠与万斛的皖南碧水,有这么一股徐徐注入南湖,泛着粼粼清波,映着层层飞甍,成为宏村一片阔大的护心镜,一方优雅的映月轩。

我们是从南湖书院门前款步过白石拱桥离开宏村的,回眸一望,宏村是山村,更是水村,宏村历史上的豪商巨贾、望族名门,成就了一代大业,留下了满碑颂词,不能不说是这青山碧水陶冶了他们的性情,成全了他们的事业,写就了他们作为儒商的辉煌篇章。我在回来的路上,心里默默地构思着这样一首吟咏清泉的诗:"一壑一溪入耳聪,珠圆玉润乃从容。濯将古蔓为春语,敲定巉岩作韵宗。绝处生成背脊骨,闲时不忘扯蓬风。欢歌总是激扬曲,百转千回路自通。"

由此看来,只有水是不老的,水永远有着自己的追求啊!

崂山写浪

　　仲夏的崂山，充满着大海饱满而浓郁的咸涩气息，就像一只硕大的海螺，被一排巨浪推上岸来，它想蠕动，想翻身，却终于不可能，于是用一丝海腥气轻轻撩拨着游人的嗅觉，挑逗着旅客的兴致。

　　道教气氛浓郁的崂山，面朝大海，春暖花开。

　　崂山，应该说是一个绝佳的看浪所在。崂山在青岛市东，南濒黄海，东临崂山湾。山的耸峙，海的浩渺，在这里形成一个顶天立地的巨人：他有着犀利的一撇，又有着无羁的一捺。这一处突出的海岸犹如平庸思维里的一朵璀璨的灵感之花，倏忽之间便叫人按捺不住激动的心情，争着一睹黄海的胸臆和太清宫的仪容。

太清宫在我们背后静静地偃卧着，恬然，肃穆，与佳木繁阴一起消受着初夏的清凉和静谧。在我们还没有转过身来时，那儿的九宫八观七十二庵都悄无声息，只有大海的喧嚣与呼吸用立体的海浪形式写在岩石上、写在栈桥外、写在凌空而架的索道下边。索道上飞梭般的过客，才是我们人生的写照：潇洒而刺激，倏忽而难忘，匆匆亦复匆匆。

崂山浪绝非雕虫小技，它是大手笔，是山与海交媾的杰作，是静与动默契的骄子，是自然和人生融汇的宠儿。每一个浪头扑上岸来，都会溅起一排洁白的浪花，那是大海璀齿的朗笑，那是博大深沉的艺术家抛给我们的诱惑。一位长发飘飘的女孩，穿一身湖蓝色的裙装，坐在岸边一块礁石上，一个特大的浪头铺天盖地而来，将她整个地泼洗得淋漓尽致。因而，这个女孩也就成了一个美丽而令人惊悚的意象，她惊愕不已的神态和玉佩琅琅的笑声让我们发现了大海的幽默、大海的稚趣以及大海的宽容。立在栈桥上，一任大小浪头舔舐着脚底下的藤木和站桩，甚至咬啮着我们的脚趾脚板，无数次莫名的冲动随之而起，灵魂虚无缥缈着，像背后太清宫檐头上袅袅的白云。

太清宫相传为唐代道士刘若拙由蜀云游至此潜修，于北宋建隆元年（960 年）建作道场，名为华盖真人道场。宫殿后面的长春洞，据说是邱处机修炼处，洞壁上仍有邱氏所刻"访道山""游仙仓"等字迹，并有遗诗十首刻于太清宫三清殿巨石之上。因为细雨如帘，迷雾似罩，不便探访，我们只好折道而回。想必这十首诗一定透露着邱道长的许多玄机，我等凡夫俗子是难以解尽的。导游说，海岸塔底还有一洞，名曰"仙窟"，是张三丰隐修处。我们当中便有急于寻访仙窟者，导游说海浪滔天，阴霾密布，一下子怕是寻不了塔底仙窟的，倒有一处鳌鱼望月的奇景，与月中嫦娥有关，各位有此雅兴否？谁知此时已经有大半游客奔向了崂山瀑布，我心想如果今夜有月，那就来一次月下望鳌鱼吧，岂不更有无限妙趣？

我带走的是崂山浪，那一次次撞击在礁石上散发开来的礼花一般的激动，那一回回铺展到海滩上卷轴般滚开的大气磅礴，那一重重涌来又一重重退去的不竭的探访。崂山浪也许从来不信教的，尽管崂山道士在中国道教名山中尤为出名，尽管电视剧里把邱处机、张三丰、孙紫阳们描绘得活灵活现神异无比，但崂山的地理意义和地域价值除了笼罩上一层十足的仙乡道俗，其他诸如崂山矿泉、崂山啤酒、崂山名茶、黄海海产和中国潜艇基地……无不是青岛人的骄傲和自豪。在人们的趣谈中，晓庆红楼、倪萍故居，也都溅上了一朵朵或明或暗的浪花……

崂山本不叫作此名。据考，古时候以星象划定区域，此地属

于天牢星区，当为牢山；秦始皇登此山望蓬莱，名之曰牢盛山。
民间以始皇下驾劳民伤财，自然称其为劳山。又据《崂山纪闻》
载，唐代道士王旻、李遐周于天宝七年（748年）由京师至崂山
炼丹修道，玄宗嘉之，因改称辅唐山。至此可以说，崂山聚道
教、神话、传说和人文于一体，纳气候、景观、经济和艺术于一
域，开创了我国旅游业综合性、层叠性、褶幅性之先河。

　　崂山，一支巨笔，写不尽它的神秘与大气；黄海，一幅宣
笺，载不完我的联翩浮思……

大别山

    大别山昂起高峻的头颅，那里贮满真理的思考。在鄂豫皖之间，大别山保存着一部原始次生林的典籍，就像保存着我们的先哲天然的涵养。一条山脉，我们不妨把它看作历史眉头上浓重的一笔，多少传奇故事深藏其间，多少时世风云起兴于此。在天堂寨，我们看到青石崖上的裂缝像智者额上的皱纹一样，挤叠成旷世经典，镌刻成传世影碟。而号称全国"将军县"的安徽省金寨县，全县出了59多位将军，人们说，这里的每块石头都叫将军石，每块石头都能敲出铁骨铮铮的回音。

◎大别山　方跃　摄

　　从地狱里站起来的人，更加清楚这里为什么叫作"天堂寨"。

　　青松，翠柏，古蔓和绿潭，这是大别山年年青葱岁岁葳蕤的格言。作为大别山人，你是否具有大别山人的气质，就看你敢不敢与岩顶上的松柏站在一起。你必须具备这样的胆识和能力：熟读闪电写在天空的精彩行草，深谙炸雷留给云驹的一溜响鞭，轻吟雾凇素笺上的曼妙曲谱，细岩泉标注出的幽邃款识……有一座山峰叫作驮尖，海拔1751米，当年，红军的马匹曾藏在山下的洞穴中。驮尖用高耸的脊背顶住了风寒和肃杀。拉锯战之后，那位年轻的红军团长骑在马背上，回眸驮尖主峰，泪洒溪河幽涧。

是大别山养育了红军，养育了革命，同样，红色的火种也点燃了大别山上烂漫的杜鹃和绚丽的红枫。

多枝尖下鹞落坪，众山环抱中的一小块平畈。平畈上有一小块沃土，天南瓜的故事就是从这里牵出藤蔓来的。我们再也无缘见到当年的那只南瓜，甚至连哪一条藤子变成了眼下的这一条道路也猜测不到，但那镂心铭骨的故事却滋养着几代人，以致我们的牙缝里至今还弥散出瓜子的清香——一个红军战士牺牲了，谁也没有发现他的遗体，战争结束后的第二年，鹞落坪的山坳间长出了几株南瓜，瓜秧长自一套红军的服装里，服装里有一堆白骨，瓜藤上结了两只"瓜"，一只是老区人常见到的那种南瓜，另一只却是一把锈蚀的红军用过的手枪。那个战士的衣袋里竟然遗留下来一粒生瓜子，那也许是他最后的口粮。人们把白骨边的那颗瓜叫作天南瓜，打开来便见丝瓤如血，籽粒如玉。这种子终于传下来了，这是大别山独特的品种啊！

大别山悬泉瀑布随处可见，那水纤尘不染清澈见底，四季清凉，长年不断。初次见到瀑布从高高的崖上泻下来，你会惊讶这水是怎么回事——它们全都挺直了脊梁，它们沿着青石崖站成了人的模样、人的姿势。它们站起来说话了，口若悬河飞珠溅玉，气势磅礴一泻恣肆。柔弱的水呀，原来竟是这般地充满了骨气。凝神注目，你会发现，大别山瀑布一条条兀自站起来，立成了让人心颤神迷的惊叹号！

由于水源涵养深厚，森林植被茂密，大别山当得上"红土地上绿翡翠"的称号。生物学家何家庆称它是中国一流的生物基因库，是储蓄和记录珍稀动植物的百科全书。沿着何家庆的足迹，我们发现人类只是一棵大树上的一片小小的叶子，而他的身边竟然开放着如许繁多又灿烂的花朵，他们的头顶蒂结着数不清的天然珍果，可惜他们大多视而不见，仅仅去趋附和攫取如杨花柳絮一般的功利与私欲。大别山深沉莫测，一条溪涧就是它的一条哲言，一道险峰就是它的一篇睿语。我再次默默记取了吴均的名言："鸢飞戾天者，望峰息心；经纶世务者，窥谷忘反。"

大别山上血红的杜鹃，开在四月的枝头，开在万绿丛中，开在热热闹闹的莺歌燕舞里。大别山杜鹃朵大，瓣密，色浓，香远，但是不可移植，哪怕你从山顶移到山麓，她也无法绽出一朵花蕾。花开至境，难夺其志，有人这样评价她；高处能胜寒，生就傲霜枝，有人这样赞美她；满枝杜鹃血样红，红土青山画图中，有人这样歌咏她。

谁都知道，这些大别山杜鹃，其实不是杜鹃鸟啼血染红的。当一个传说被另一个传说取代的时候，我们听起来总是更加感到亲切和真实，一如我们置身于杜鹃花丛中，我们也就成了一个传说。一代人新创出一部纪实，后来融入岁月的咸风酸雨，都成了传说。唯有浸着血与火的杜鹃花样的传说，才容易点燃另一代人的激情。

大别山有许多如雷贯耳的名字，白马尖就是其中之一。在白马尖看云，不失为夏日一景。云过白马尖，如阵列，如马匹，如浮雕，如动画，如画家胸中生丘壑，如诗人笔底起狂涛。电影里那些战争画面似乎都能在这里找到底片。风起云涌，你的思维也会飘逸起来，你觉得白马尖就是一匹战马，骑着它冲入历史的烟云中，耳畔铁蹄嗒嗒，眼前刀光闪闪，浑身的热血在涨涌，你不禁大喊一声"冲啊！"。幸好你抱紧了那棵古松，才没跌下崖去。过后一连几天，你的梦境里还留着戎马倥偬的大写意。

双羊尖呢？白的石头被流云摩挲得格外皎洁，拱曲的挨肩石像抵触的羊角，风过石罅，还真能听见羊咩，仿佛听见《神仙传》里那位道士教黄初平指石变羊的声音："羊们起来！"奇石生名山，大别山从自然景观的角度来看，还算不上名山，但清泉奇石瑶草琪花堪称翘首拔萃了。当年那位游仙漂侠贸然至此已觉与阊里大别，倘若他欣逢盛世而归来，岂不是"小别"又有经年矣？

十月，深村红叶正浓。大别山多乌桕，乡人称之为木梓，树叶比红枫更鲜艳更炽烈。一只鸟衔走了一粒乌桕籽，明年，山沟里又会长出一株乌桕的树苗。

国共和谈在这里留下了一个遗址——九河小学（原朱家老屋）。小学的东墙上保存着当年高敬亭、何耀榜与卫立煌的少将参谋刘刚夫谈判时用过的油灯，灯盏里盛的就是乌桕油。如今灯油早已干枯，灯芯也烂成了尘土，但架子灯还在，老区人一看见它，仍能闻出乌桕油淡淡的芬芳，仍能想象出那如豆的灯火在长夜里明灭跳跃。

深村修路建厂办学校，许多树都被砍掉了，唯有乌桕还在。乌桕枝年年结籽，乌桕叶岁岁染丹。老人说，树如人啊，一百岁心还是红的；乌桕树也在说了，人如树啊，一千年也忘不了历史。

文博园掠影

　　中国五千年文化浩如烟海，源远流长，怎样传承，自有不同的方式。被文化部（现文化和旅游部）命名为"国家文化产业示范基地"的安徽省太湖文博园以直观的方式，将博大精深的中华文化浓缩在 1200 余亩的视野中，为龙的传人展示了一个全新而古老、恢宏而精微、集中而各异的文化标本，为海内外游客提供了一个大开眼界、身临其境的文化阆苑。

　　文博园以"中华文化主题公园"为建设宗旨，有人文历史、主题公园和休闲度假三大景区。预计投资近 20 亿元，将打造中

国文化品类最齐全、文化底蕴最丰富、文化艺术最精湛、建筑构架最独特、休闲旅游最惬意以及学习交流最便捷的巨型品牌。太湖文博园的建成，无疑是华夏大地上一处最亮丽的景观，是中华文化在皖江文化地域的华丽亮相。

走进文博园，首先感受到的是一声惊叹。"哇！大气，真的大气！"进正门，上御道，过长廊，抬头一看，便见一位帝王峨冠博带、气宇轩昂地君临天下，这巨大的石刻足以让人想起炼五彩石补天的女娲，让人想起压着孙悟空的五行山……石头的沉默不是文化，然而石头的翻身与嬗变可以成为文化、成为艺术、成为宗教乃至哲学。当一方巨石呼喝一声，从苍冥中醒来；当一个创意豁然一亮，从冥想中走出，文化艺术便被复活了，精神圣地便被发现了，历史典故便被定格了。他是一块石头，而现在他是汉武帝，是拜岳封禅的天子，是与古南岳遥相呼应的一个文化符号。

与武帝不远的巨型坐像是老子。"老子天下第一"，这不是自吹。在中国，还能找到这么大的老子吗？在道家的经典里，也只有老聃能以始祖身份提出"人法地，地法天，天法道，道法自然"的唯物辩证法则。他的《道德经》堪与《易经》和《论语》并列，被称为"华夏三经"。仰望李耳，我们微如芥末；他居高临下看我们呢，自然不会将我们弃之如泥尘，因为从唯物辩证法的观点出发，人都是平等的，一切事物都具有正反两面性，并能由对立而转化，"正复为奇，善复为妖"，"祸兮福之所倚，福兮祸之所伏"。伟大往往被看作渺小，而渺小也可以创造伟大。

走进文博园，其次感受到的是一派鲜活。这里的一切建筑、雕刻、绘制和培植，都体现了一个"活"字。创意者力求让观众眼前再现惟妙惟肖的动态感和栩栩如生的原初貌。那一棵棵大树，那一件件根雕，那一尊尊泥塑，那一架架陶制……就连甬路边上的一只小动物、一个小造型，也都鲜活灵动，惹人喜爱。同学们最喜欢拍这些微景观，我想这也是大手笔的用意所在，他要在园内每一个角落、每一处空隙，设置天人合一、物我相谐的背景，以充分体现和谐文化的精髓。

在"中华百工坊"园区，我们尽情领略了妙趣横生的百工造型图，许多旧俗早已失传，然而在这里，仍能将它们一一复原。阉猪的，打铁的，春米的，解板的，抬轿的，送神的，做会的……只有想不到，没有做不到。其他如四大名著文化园区、华夏爱情文化园区、千米文化古栈道、文化安庆景区及皖江第一街等，触目都是动态的历史烟云，满耳都是铿铿切切的文化跫音。

走进文博园，再次感受到的是一种浸润。在整个游览过程中，时时有着走进历史书页、享受文化艺术熏陶的快感。虽然只是线条型的、吉光片羽式的，但正是这些点和面、这些根和须、这些光和影以及这些铜和铁，填补了我们的知识空间，濡染了我们的感情色彩，敲醒了我们的愚钝神经……比如那些阴沉木，游客就很少对它了解。据导游介绍，阴沉木又称乌龙木、东方神木等，系古时因地震、洪水、泥石流等致地面树木埋入河床等低洼处，在高压缺氧状态下以及细菌等微生物的作用下，经过长时间的炭化过程形成，故又称炭化木。据科研机构检测，阴沉木曾深藏于地下达 3000 年至 12000 年之久，有的甚至达数万年之久。它的神奇之处在于木质不变形，分量重，密度高，不会被虫蛀，可与紫檀木相媲美，堪称树中之精、木中之魂。

文博园中的影雕、烙画和摩崖石刻，都是艺术难度极高、艺术特色迥异的真品，令人开眼界，长知识。

出文博园，你会想到另一处胜景——花亭湖，她就在不远处等着你哟。

香溢茯苓街

    在各类食用菌当中，茯苓堪称至尊，不独其形体百巧千奇，属于"庞然大物"，只那飘逸鲜朗的清香、那洁白如玉的质地，就把茯苓街闹红了。

    茯苓街属于皖西南的一个小镇上。深秋，这里完全是一片熏香的海洋，是一条长长的白玉走廊。清风送来了大自然处子的体香，那是任何花卉和香水都无可比拟的，在奇花异蕙的芳香王国绝对找不到与之雷同的气息，既有松树燥烈的脂气，又有黄土那凝重细黏的清芬；一半含有珍贵药材的殊味，一半又带有许多食品所共有的精华。

穿过整整齐齐摆放的竹簸簸箕和木格晒框，我们看见老人和孩子或蹲或坐，或说或笑，怀里各抱着一颗大茯苓在侍弄着，原来是在削皮。处理完的茯苓洁白耀眼，纤尘不染，像个大雪人一样臃肿而滑稽。尚在去皮的茯苓则像剃头师傅跟他刀下的顽童逗趣，左看右看都会令人忍俊不禁。而那刚刚下手、只揭去几片表皮的大个儿，足球一般被摁在脚尖上，仿佛沉不住气儿似的，歪歪着身子做出意欲溜走之势。在老人和孩子身后，是一溜长架凳，大片方刀迎着晨光一闪一闪，熟练的操刀老手一刀下去，平滑齐整，不偏不倚，看起来比巧妇切豆腐还要容易。从这些中青年汉子得意的脸色上，不难看出大别山区的山民从大山中得到的丰厚满足与无比快慰。剩下拣块择片、铺排晾晒的活儿，全交给姑娘嫂子们，交给那些轻巧灵便的纤纤玉手和那些一刻也不停息下来的喧闹。

"瞧，这块'神'上还生着细细淡淡的雀斑哩！"不知哪个机灵鬼一语双关，众女子把目光一起投向一张美丽却有些雀斑的脸庞，而后全场哗然，笑闹声推拥着满街的浓香（刚被切开的茯苓正在散发浓烈的脂香），滚滚涌向街口里弄，荡进小镇每一扇窗口……

皖西南茯苓溢香温馨，回甘叠糯，嘉誉流长。传说当年三国名医华佗就曾经向山民讨取茯苓，为魏国君臣祛病祛瘟。至今坊间老者还藏有华子老爷佛像。尤其是那真菌抱松根结成的"茯神"，更是佳话迭出，其药效恍若仙丹灵物。去年县药材公司派人下乡收购巨型茯神，竟然收到一块重达 34 千克的奇品。那物形同山猴，色似绒毡，观者无不伸出拇指啧啧称赞。

近年来，皖西南茯苓个体户直接将成品运往广州、深圳、海口等地，乡下人出外见了大世面，他们风光一回，眼亮一回，富实一回。年年深秋，雁鸣时节，算不上十分气派的小小车队，一路香风拂动，一路汽笛高鸣，将茯苓街前前后后山家林农的几多梦想几许翘望潇洒地载将出去，又将一个个黏附着天方夜谭光环的外面大世界带回小镇，摆上街面，惊起山里人一片喝彩声。

瑞气新来，香风无限。皖西南药材大户一边精心育林，一边巧用松木的边角废料，取枝丫，挖桩蔸，凝锯屑，拣碎头……在菌种生产的新形势下，茯苓产量日益提高，家庭收入逐年增加。他们深知，只要林药兼顾，和谐发展，绿色宝库总会给老区人民源源不断地惠赐满街的清芬和殷实的日子。时代既然有她绚烂多彩的风情录，茯苓街就是一截濡香染色的装订线。

◎香溢茯苓街　刘金华　摄

大峡谷是一个暗示

我的学生告诉我，大别山峡谷群是一个暗示，暗示大自然之中有无数的神奇命题可供人们去破解，只要你有胆量有兴致。

我的同行也有同样的见解：其实，即使尽其一生的功力，也难以探遍大别山的所有峡谷，即如眼前这一组位于安徽五河的茅山大峡谷，要想深入其中探个就里，然后又像徐霞客那样带着一些行走日记出来，怕不是揣度揣度就能实现的。五河中心学校的陈校长鼓励我们说：去看看，大不了跟深秋一样深吧。好在诗人王恩乾在前面引路，我的宗叔叶敏老师又及时提醒，虽是下午三四点的时光，大峡谷的入口却闪着几分明亮的眼色。

我曾探过皖西云峰峡谷，那里以瀑布凌空时太阳在岩壁上折射出七彩虹雾而吸引游客，论它的幽险深邃，远远不及茅山大峡谷。横河的八字岩峡谷也令人惊叹，但太过于开敞，也就少了幽深的意境。茅山大峡谷峰回路转险景迭出，瀑潭组合极有层次。桥是悬连壁石的吊桥，路是若隐若现的石板兼水泥路；玄松当顶，呈飞鹰走兔之形，串珠倾泻，有斟注琼浆之态。夕阳从山岔树隙间滤下，洒一半在岩壁上，岩壁上就有了一抹淡红的颊晕；抛一半在潭水中，潭面上即亮起参差的微波。而入眼的满山红叶又给落霞一重别样的映衬，令人联想到这是生命绚烂的极致，也是日子深情的反照；这是山野动人的肤色，也是天光垂恋的回眸。站在木板桥上四望，去路迷蒙，似一个章节告罄，下一章不知要从哪里开篇；来路也遽然断绝，仿佛我们虚空而来，不曾倚着什么边际。峡谷的左边是险峰，险峰过去还是峡谷；而右边呢，山坡似乎低缓一些，却一样有"猿猱欲度愁攀援"的凛然之气。泠泠泉水从脚下欢跃而过，漂着几只落叶，打着几个漩涡，不要多远，等待它们的又是一道悬崖，那里，龙吟虎啸的瀑布声经年累月，无始无终。

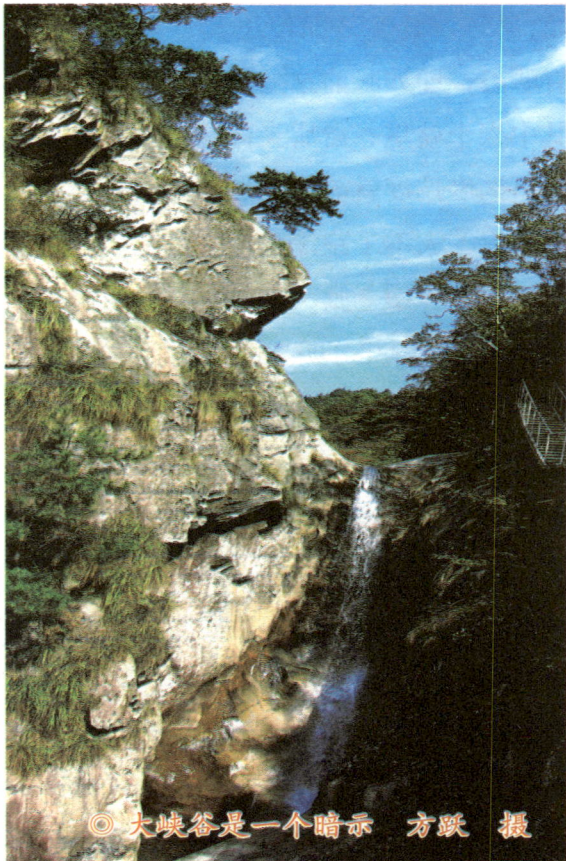
◎ 大峡谷是一个暗示　方跃　摄

我不知道没有水的峡谷还算不算峡谷，倘若这条峡谷干涸了，死寂了，那么峡谷的精魂定然也不复存在。水苏醒了无数的嶙峋怪石，水成全了远近的峰峦列阙，水同时更灵动着游人的情思。当地人最初该是从这水的来头寻觅到了峡谷的吧？水从山上来，千万年地灌溉田地，也灌溉望眼；滋润村井池塘，也滋润山下人焦渴的追寻。您很难想象到，茅山大峡谷是那么深，却深不过一群村民的渴望；大峡谷是那么险，也险不过樵夫桑农那一次次毅然决然的发掘。你若相信几个村民弯刀在背、卷尺在怀，饥餐渴饮，枕风眠月，为了把一个藏在深闺人未识的大景点推出来，为了山外游客尽享这天造地设的桃源之趣，他们有过多少种设想和推测，做过多少回窥视与探寻，受过多少遭惊吓与伤害。相对于默默岩石，他们的肩膀可能更坚韧持久。那双肩膀啊，就是大山深处血性的峰峦和层巅，就是最朴素最牢靠的歇脚石和观景台；相较于现代化的勘探工具，他们的双眼和双手都是过时的部件和原始的配套，但就是这手和眼，这心和志，成就了他们对一重重大峡谷的发掘，实现了引领一行行脚印进入此间的梦想。论开发为时过早，说发现和呵护一点也不过誉。一道又一道板索桥，一块又一块指示牌，一里又一里混凝路，一根又一根保护绳，那上面凝聚着山民的血汗、热望、期待以及古朴绝妙的构思。他们甚至有更远的想法，要把茅山大峡谷与毗邻的横河峡谷、岩河峡谷和闵山峡谷连成一体，进行系列开发，那时，也许真的要让你"幽幽三日出潜水，耿耿一怀读皖山"了。

夕阳落下去，冷露冒出来，山路变得越发扑朔迷离。高高的松枝上缠着袅娜的猕猴桃藤，一两只松鼠慌里慌张地打量着成串成球的猕猴桃，也窥视着我们小心地一步一步下山。给我们做向导的那位中年汉子半道折回，原来他的家就在半山腰上。"每天的太阳，都是从我家对面的狮子背上升起！"他向我们话别，再一次让我们记住大峡谷的方位。

捉马尖之秋

　　一下子来到一个叫作高湾的地方，心里突然空落了许多，或说壅塞了许多。空落的是每天推开窗子，再也看不到壁立的捉马尖；壅塞的是什么，除了地方的逼仄和市声的喧嚣，还真说不清楚。在来榜河的几个秋天里，不知上过捉马尖多少次，每一次上去，都有些新鲜的见闻和感受。由黄沙岭而东，山冈横亘，峰峦跌宕，丛林密致，溪流潺湲，松风起时林薮摇摇，晚霞落后幽涧森森。三两人走在黄沙曲径上，把松涛想象成远去的马蹄声，把飞瀑想象成追逐的群驹，把一天彩云想象成广阔的疆场，任凭秋风飒飒，秋光潋滟，捉马尖的主峰俨然高昂的马头，而低俯的河

谷小山分明就是一溜儿马尾。

一群简简单单的人上捉马尖，不需要一对马鞍子一根马鞭儿，除了一双眼睛，什么都不要，要不怎么说，这匹"烈马"怕是没人再能够使它屈就了。

第一次上捉马尖是个春天，满山野花遮住了望眼，葱葱绿意里只能偶尔寻到几头水牛。山杏倒是漫坡都是，直吃得我们齿颊留酸。那时候，我们寻思秋天的捉马尖是个什么样子，野果满目，还是叶败林疏；松针滑脚，还是落叶金黄？一个季节对着另一个季节眺望，一种思绪追着另一种思绪奔跑。

捉马尖的秋天，以一个素面朝天的低调人的姿态出现在我们面前，秋天，删除了许多高高矗立于枝头的赘余的话语。秋天的到来，只是给上山的那条小路让出了一些边缘，或者只是将马头上眼睛似的两块石头擦亮了一些岩光。我终究没有爬到那岩石上去，云里雾中，小路渐渐消瘦以致消失，几只松鼠跳跃于松树和栎树之间，仿佛在宣告这是它们的领地。

捉马尖的秋天简洁得几乎就剩下一些精神了。石头裸露出来，坦言它们此前或者以后都只是石头；树叶凋落下去，昭示挺直的树干上曾经挂过许多生命色彩的旗子；就连荆棘也只留下几根细细的线条，勾勒着攀扯行人衣襟的初衷。一只蝉蜕仍抓紧树皮，那是一个喧嚣季节留下来的空洞的凭证，除了证明歌唱家的歇斯底里的叫喊以外，它将一无所有。偶尔见到一两颗红果，或是山楂，或是棘实，秋风已经改变了它们的外表结构，干瘪多皱，暗淡色衰。从一颗小小的野果，我仿佛看见了一个人，他不可能是一位大明星或即将出名的歌唱家，他只能是大哲学家柏拉图。据说，公元前400年，柏拉图在古希腊雅典的马路上一边行走一边思索，那时他发现了所谓的秩序，就像我上面见到的秋天简洁地陈列着的秩序——他一一看清了包藏在外表之下的结构，像人的肌肤包藏着血肉和温暖，像语言的音律和文字包藏着情感与意义。或曰柏拉图不喜欢一切生物的放荡不羁和混乱哀鸣，不喜欢繁盛和张扬，不喜欢春天的杂糅和暧昧，不喜欢夏天的馥郁与蠢动。他相信所发生的一切就是精神，对于身体更是如此。我宁愿相信捉马尖上存在的只是一种精神，是它让我有足够的气力和信心在清晨或黄昏频频登临。显然，当年的马以及追赶马匹的人都虚无得如同这儿的朝烟暮霭，马尖山的形状在乡人的印记里，永远只是一个虚拟的活动着的符号。三两个背着弯刀柴斧的老者气喘吁吁地上得山来，他们不是为了驯服那匹烈马，而是为了制服一两棵松杉——刀斧也看清了掩藏在外表下的结构，而秋天，似乎更称得上是一个淘汰的季节。

捉马尖四季的变化，依然在证实着一个并不新鲜的发现：一棵树或一株草都是一个逐渐走向瓦解的生命，就像人一样。于是，我们抽出一定的时间上山或下河，倚竹眠松或赏花阅柳，在趁着生命还秩序井然的时候，在我们从外表看起来还隐约鼓荡着精神气质的时候，我们当珍惜这些闲情逸致，从而不至于辜负萨特老人的告诫：有一些人生的乐趣是在完全被剥夺干净之前就已经被剥夺了的。这就是死亡，这种消散就是老之将至。至于能否捉住人生中走失的一些马儿，那又是一回事，因为过去本身就是一匹烈马。

我甚至还愿意把秋天当成一片马原，在这上面驰骋的都是一些被写意成精神的意象，秋云，秋雨，秋风，秋露，甚或秋水和秋思。仰面一看，高湾其实并不高，也不是一个很大的山

湾，却充满着繁絮和冗缛，你很难从这里提炼出来一点什么，即使有人家朱漆门前大红艳黄的秋菊，有甬路隙地里叶扇阔大的芭蕉，黄昏中的捉马尖就只再是一个错觉、一个动态的语词、一个梦。

法云寺的玫瑰

　　日本小说家檀一雄是这样描写山梨花的："我躺在野花丛中小憩，眺望着木曾山脉白雪皑皑的驹岳和御岳两座高峰，想到我已经很久没有回到生命的摇篮里来了，心中产生了无限的眷恋。"稍后的另一位写小说的日本才女林京子，用同样充满温润情绪的笔调，动情地描写樱花："……但樱花毕竟是美丽的，那淡淡的桃色，浸染着天宇，叫你神清气爽。不光是人，就连停留

在枝头上的小鸟，也增多了起来，四面八方伸展的枝条上，兴许有无数的虫卵在蠕动，不断蜕化为毛毛虫……"

这两位作家的"无限的眷恋"和"神清气爽"多少使我有些动心，况且窗外正是暮春三月，春水陡涨，落英飘零，仄身一隅不如外出走走，于是便见到了法云寺的玫瑰。

两个人的行游的确宜乎心境。游伴曾经是报社的编辑，现在对外经济贸易促进局供职，写得一手好字。当然法云寺所在的响肠镇后冲村，亦有好几位擅长篆隶草楷的书法家，每年的街市春联都书写得笔走龙蛇，墨饱气酣，让人每每停伫流连。只是这儿从没听说有卖过字的，从塔记或捐碑的笔法来看，他们也许并不比今年前一阵子哄哄闹闹的"当代文化名人书画作品拍卖会"所拍不出去的"杰作"要差到哪儿去。倘要邀请几位老者讲古，山里风俗，佛中经纶，文贤武英，朝代年号，无一不明晰如缕，丝丝入扣。一胡姓老人从烟袋里摸出一撮黄烟丝，在三指间揉了揉，装进竹烟筒里，点着火，吧嗒一口，仰起脸来，开口说这塔的来历、寺的遭遇。"七级浮屠，七级，你数数，塔高28米, 8丈4尺。这是岳西最高的佛教寺塔，东晋咸和年间（326—334年）造的，近1700年了。"旁边一娃子就笑，他不是笑老人讲错了，他是笑老人的烟锅子在玫瑰花下抖抖的，叫一滴水珠正好给熄灭了。

老人还要说下去，孩子接过口来，嚷嚷着，说了这样一段顺口溜："法云寺，法云寺，七层层层都乘四，四面每面十个龛，每龛三佛等于几？"等于几，我得掰手指了。原来法云寺上竟有840个佛像，难怪称为千佛塔。可惜没带望远镜来，佛像尽管每龛一大二小，造型各异，却看不真切。雨后的晚霞落在塔脊上，现出斑驳处的砖青泥黄，那飞檐斗拱越发峭拔了。

　　我突然想起一件事，那年在三祖寺春游，听一个和尚说过岳西的法云寺与九华山有着一脉相承的因缘。原来地藏菩萨曾以古南岳一些大山作为道场，始初修炼，后来才觅得九华山。法云寺当是其中之一，据说寺后的龙角石就是他施展法力时踩断的。近前一看，巨石森森，一剖为二，犹存斧凿之痕，断面平覆，果然让人联想到神功超然。

　　自然的力量在古代也就是神的力量，这道理到了今天，人们也大都愿意接受。就像一颗颗虫卵孵化出万千毛毛虫，谁又说这不是神的造化？一茎花枝，我们原本不知道它在春天要结出什么样的果子，可大自然对它们无不烂熟于心，它压根儿就从没有弄错过一朵花的意向。譬如这千佛塔脚下花圃里的玫瑰，坚硬锐利的刺儿遮护的竟是比草莓还柔软娇嫩的液果，因为它的花红得可爱，太令人心动，所以这刺儿便应运而生。这是自然的造化还是神祇的安排呢？不必多问，当春天和地藏菩萨一道苏醒时，一朵玫瑰也能头顶一圈神圣的光环，在这大地上尽享雨露的滋润、蜂蝶的歌舞……

　　一种文化也是这样，尽管某些即将或已经遗失的文化像玫瑰花一样弱不禁风，但在我们的民间，在史籍不曾涉足的角落，总有一些人，甘做玫瑰枝上的刺，甚至是它近旁的一只毛毛虫，不避风雨，不畏掸搁，甚至在关键时刻把自己的休戚放在一边，傲然决然地铤而走险。我去年在徽州参观西递古碉楼，讲解员告诉我们，那些珍贵的艺术精品都是百姓用草苫泥抹的办法，才避免了"文革"时期的糟蹋和毁灭。看来，经典的东西和神奇的东西（假如它们就是神），只有依附于人民，才能神圣光大，照耀后世。

　　当我再一次昂首仰望法云寺塔的时候，我心里日益积累的对于宗教的虔诚和敬畏却淡去了许多，而塔上的那些字、那些佛像、那些建筑的造型风格、那些古朴怪异的砖瓦和灰浆，甚至那些摇曳的风铃和夕阳中的反照，都如寺外龙聚湖里的碧水，在我心里泛起了绿意参差的涟漪。其他诸如九龙戏水、脚踩龙石、莲花重彩、鲤鱼出溪、仙人洞扉等旅游景点，为多少心浮气躁的人们带来了沉静的享受，带来了艺术之外的启示，就不必多说了。

法云寺禅房内外俱有许多楹联条幅，书法各有风格，值得揣摩，这也许是导致后冲人喜欢写字的原因。只是天色渐暗，无法细细欣赏，不得不赶快出门。匆促间，裤脚挂在一枝低低的刺条上，俯身摘刺，才明悟这是一株家乡的玫瑰。

小憩明山寺

　　大别山怀抱里有一座明山，因朱元璋建立大明而其部将从少数民族统领手里夺回本土而得名。山险峻而奇丽，石玉白而兀然。两水归中畈，一脉环苍山。明山寺就卧在顶峰下来的东岗上，取一平地为基，凿一石坡为屏，填凹坑，拓菜畦，垒山墙，竖香亭。登寺前寺后，将四野景色一览无余，只觉得头上天低日近，而脚下旷野苍茫。

　　秋日正午，邀游至寺，僧人徐老纳客于厢房，唱喏，献茶，殷勤至极。有明山寨特产名茶小兰花一壶，清香缕缕，热气腾腾。此时野果透熟，菊花盛开。红艳艳的山楂像秋风拨出的算珠，正在计数着我们是这座小庙的第几批游客；油灿灿的槠栗从栗壳里滚落下来，在山坡崖沟里聚集，复又被老僧细细捡回，盛在一只精细的白瓷盘里，闪着诱人的光泽。倘若早来几日，山核桃会填满你的衣兜，软乎乎的猕猴桃更让你满口流蜜。徐老挠了一下油光

的脑袋，笑一笑说，小庙寒素，各位中午在此吃面条如何？我们说，素油面条好极了，但请多放些小葱吧。

这时候起风了，山顶上的秋风别是一种滋味，虽在太阳光下，却有点深入骨髓的感觉。漫山蒿草次第俯仰，煞是壮观。鹿头岩上的松枝也摇动起来，因为飘展得很远，故而弹动得厉害，像久久摇晃的手臂。风中的山寺如一叶扁舟，在微波中且行且停。炊烟横斜，扭作一股一股尼龙带子，又似一匹白马的长尾。那叮当作响的是香亭上的铃铛，虽然响在头顶，却又邈远如在天际。同行余先生以诗记曰：风送铃声逾野岭，雁行秋旅落寒声。

单薄如徐老者似乎一点不感到深秋的清寒，他的长褂里衬的也许只有一身瘦骨、一颗清心、一抔善念。这儿离集镇数十千米，离村落也有三十里，他一个人长年累月独守山寺，用瘦削的肩膀驮来柴薪，用弯弯的扁担挑来山泉，用化缘得来的米面招待

远道而来的香客与游人。斋沐诵经已经不太重要了，重要的是让那些来这里寻找清静与安恬的人得到一块天然的净土，吃上几口脱俗的饭菜，喝上一盏直接来自地母怀抱的甘泉。徐老的脸上始终堆满着微笑，那笑意自然而宽厚、温和而朗润，一如山墙上的秋阳，又似泉潭里的清波，盈盈漾漾，合捧可掬。

面条端上来了，大海碗，粗竹筷。小葱的浓香顿时氤氲在小小的厨房，这香味也像老人的微笑，淳厚，地道，直入肺腑。徐老看着我们吃，像长辈看着一群毫不挑食的孩子一样，满足而惬意。佐以面条的是新鲜的红辣酱、翠绿的腌豇豆、水生生的杨禾姜。这都是他或化来，或买来，然后亲手腌制的。一个男人，一个快 70 岁的老头，竟然有这般巧手、这样的巧思，实在让人肃然起敬，然而，更让人仰慕的是老人心地的净朗，就如一片澄澈的天空，那里有的不过几片鹤翅、几缕秋云。

下山的时候，斜阳落在一片红枫林间，给旅途增添了又一重秋色。我们拍了一些丹枫夕阳的照片，捡了一些七角枫叶，偶尔也拾到一两颗栗子。一回头，发现老人还站在山嘴处，目送着我们，他那清癯的身影就像一株水杉，定格在秋风拂煦的山坡上。

◎ 木梓入秋云 方跃 摄

木梓入秋云

　　木梓是当地方言，学名乌桕。深秋时节，田间地头或者半山坎上，连片的木梓红成大团的彤云，仿佛整个村子都饮醉了。这个时候，秋天的一两绺马尾云或三两块鲤鱼斑正向山下的梓林移近，地上的红霞映着天上的白云，成了乡村不可多得的绚丽风景。

　　木梓的红色有点特殊，它不像丹枫红得飘逸，也不像山槭红得枯焦，它的红色里透着凝重，似乎注入了生命厚实的积淀，有着大地长久思考的结晶，有着天空幡然醒悟的羞赧。木梓的叶子落下来，在田塍上并不被人注意，被人注意和珍惜的是它的籽粒，白莹莹的颗粒似薏仁，像鱼目，从黑褐色的外壳里挣脱出来，却不坠落，仍在高枝上坐着，要一直等到霜降之后，所有的叶子都凋零了，它们才次第走下来，然而也不一定都能等到那个时候，在此之前，收获的刀钩和箢箩就等在那儿了，等着拾取乌桕籽去榨出清油。清油是工业上合成生物柴油的主要原料，经济价值极高。我的父亲深谙这一点，他每年都不放过收获乌桕籽的机会，直到晚年胃癌晚期才罢。

我跟随父辈捡拾乌桕籽的印象记忆犹新。那时搞大集体，白天是没有工夫也没有胆量去打木梓的果实的，即使木梓长在野山上，或者河岸边，但是它们仍然是集体财富，哪怕最后全部落光，落到污泥里和流水里化作腐殖质，都容不得私人拾取。父亲总是起得很早，趁别人还在酣睡，叫醒我，背上竹箩，沿河边水竹林，走到很远的乌鸦石那儿，收获几棵已经成熟的木梓树上的籽粒。我的希望也许已然超越了收获本身，我为父亲的大胆而惊惶，同时也激动。如果一个早上能够收取两升乌桕籽，那么三五个早上就可以凑齐一个学期的学费了。我发现那树上简直就是闪闪烁烁的硬币，成簇成簇的籽束就是角票了。

秋天的美也正在这里。倘若不是父亲早早叫醒我，把我带到木梓树下，仰脸看树梢，看树顶那边的旭日，看山边缥缈的秋云，也许我压根儿就不知道秋天的晨光竟是这么美不胜收。马尾云、鲤鱼斑、火烧天、鱼肚白……甚至一条又一条天气谚语，像"天现鲤鱼斑，晒谷不用翻""日出东南红，无雨便是风"；像"天上钩钩云，地上雨淋淋""早烧天不到中，晚烧天一场空"……都给我带来奇妙而丰富的生活知识。木梓林是我的另一所学校，在那里我学到了同龄人没有学到的东西，包括我父亲的凡人哲理：大集体搞不久，大呼隆困死牛；河无山泉不活，人无外财不富。

收到家的木梓实粒还得小心曝晒和存放，防备有人检举或告发，以免让人抓住资本主义尾巴。我上学之前将它们送到一个用竹篾围起来的猪棚顶上，摊开擀匀；放学回家收起来藏在麦桶里，等收购组开秤时偷偷卖掉。那会儿已是深冬时节，木梓树脱光了衣裳，一排排站在寒风里，似乎在等着冬天的云絮给它们裹上件棉袄。

30多年过去，乡村富了，人们不再需要靠木梓籽粒换取几个小钱，柏籽熟了掉落，落了生根，木梓树成了斑斓金秋的自然点缀。一眼望去，燃霞胜火，敷朱如丹。我想，倘若父亲在世，他的晚年不也如此火红吗？

紫柳园听鸟

　　皖西妙道山有五大景区，它们是聚云峰、祖师峰、紫柳园、南溪源和龙门峡谷。在这五大景区当中，紫柳园的景致最为卓异，一座浮桥曲曲折折迤逦而来，千年紫柳苍苍桑桑凛然而列，仿佛当年太极仙翁乘着白鹭西去，留下这满园虬曲苍劲的紫柳向人间昭示生命的恒久与顽强。游客至此，无不惊叹这千年紫柳各具形态的造型：远远地看，有的本就是书法家张旭酣畅淋漓的狂草；有的简直如京剧武生高盛麟叱咤风云的武功；有的不乏蛟龙出水的神威；有的又像老衲气定神闲的打坐。作为一种高山植物，千年紫柳林极为罕见，况且这儿的紫柳又是如此密集而古老，难怪有"中华一绝"之美誉。

　　五月，大别山映山红文化活动月正热闹着，我于立夏节之后的一个下午到达妙道山。朋友说，紫柳园的下午有一股淡定的俗外之气，有一缕悬浮于头顶的清空禅意。当太阳向西山下落得跟柳梢差不多高时，能听到好多种无名的鸟叫。我不知道妙道山的鸟鸣是否也是一种禅释，倘若是，我则应该细心去寻觅，企图获得一星半点感应。有人说，这些鸟中间有一种叫作"紫柳"的，它比鹧鸪叫得更嘹亮，比杜鹃鸣得更流利，他甚至说，到紫柳园没有听到这种"紫柳"的鸣叫，便是旅游的一大遗憾。

为着朋友的盛意，我于是耐着性子听鸟好了。

可惜现在什么鸟声也没有，有的只是风吹动青槎的窸窣声，几颗刺莓从枝上掉下来的细碎声音，间或一些虫鸣、一些我们自己的脚步声。漫说紫柳鸟的鸣唱，就是山鸡乌鹊也彻底阒静了。

给几株颇有神采的老树拍了照，沿着原路往回走，仔细提防着别掉进泥淖里，大家开着玩笑，设想着这片沼泽里深藏着可怕的魔影，忽然就听到鸟叫了。这声音来得太突兀，几乎吓我们一

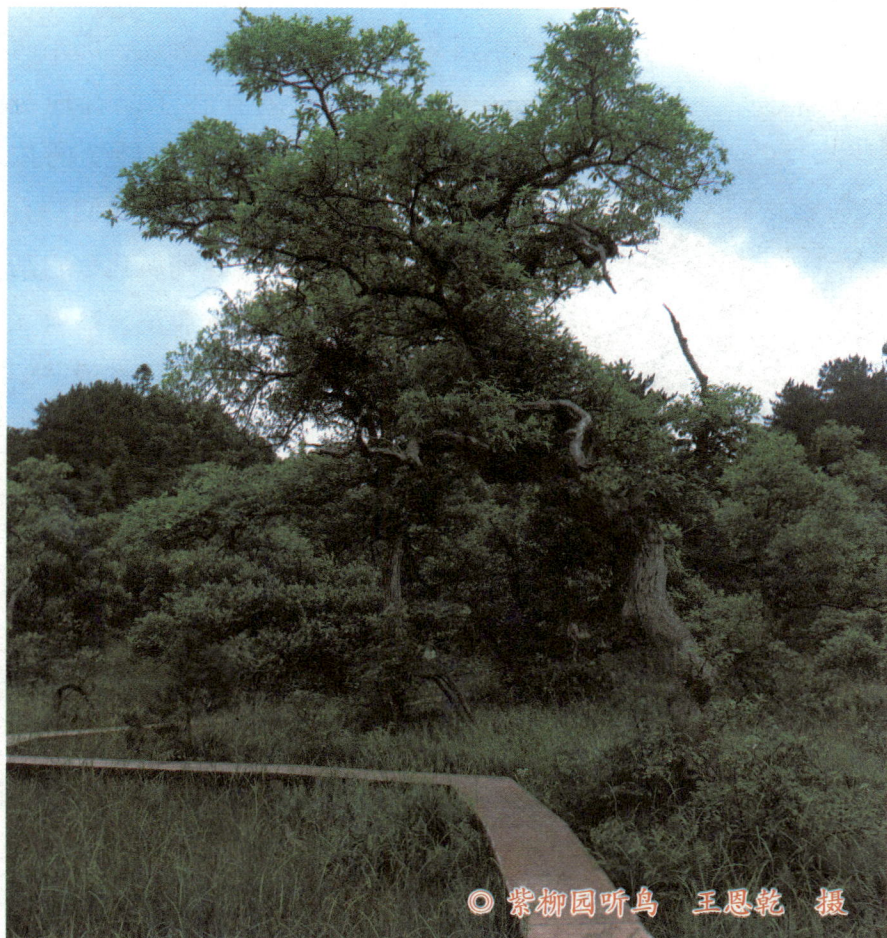

◎ 紫柳园听鸟　王恩乾　摄

跳，举首一望，什么也没看到，仿佛这声音来自邈远的天际，却又近得伸手可掬。这是我们从未听见过的鸟鸣，清亮，圆润，悠长，又带着点凝滞，带着点滑稽——就像小孩子互相嬉骂时的那点味道。鸟鸣的间歇较长，仿佛给你悠久的回味，让你记住那音符的转折和跳跃，让你给它谱出曲子来，配上一阕小令或一首绝句。我不知道这是不是叫作"紫柳"的鸟儿真实的声音，因为当下假唱的事儿见得多了，不足为奇，何况我们根本就不认识"紫柳鸟"，也从没在哪本书上见过它们。

有时候，暂时不存在的东西一旦被人们幻想、痴迷，那东西说不定就存在了，就现身了，尽管找不到科学的依据。比如杜鹃鸟，我们一直说它是望帝魂魄所化，它是在为爱情而歌而泣，啼血飞声，以至于李商隐都说"望帝春心托杜鹃"，白居易都说"杜鹃啼血猿哀鸣"，可见人们的内心要接受许多美丽的传说和假托，这是任何外力干预不了的。"紫柳"鸟儿的命名，也算得一桩美事，用不着谁来认可，也无须谁来考证，一如任何一个名胜风景点的传说，若是认认真真地考证论证，那么结

果也许必然索然无味，令人面面相觑了。

现在，我想我听到的就是千年紫柳鸟了。我不愿看见它是一种怎样的鸟，不愿瞧见它的颜色、它的形体，乃至它飞翔的姿势。就是这样清亮、圆润、悠长又带着点凝滞与滑稽的音色，挂在我的耳郭上，甚至留在我的听觉深处。由于它的余音撩拨，我的眼前便呈现出一片紫柳林，那些苍劲的虬曲的仙翁一般的紫柳，就会融会到你的精神境界中去，成为寻常生活的一方依托、一种慰藉、一股力量，然后鼓动更多的朋友，来听取这稀罕的鸟鸣，来观赏这独特的紫柳。

离开紫柳园之前，再听一会儿鸟鸣吧。这是落日中的鸟鸣，或许鸟鸣也镀着一层金色，像夕阳，不久会落下去，但我是真真切切地听见了。

尽管，这是一种杜撰鸟，一如杜鹃鸟——很有可能古代的杜鹃就是杜撰的。

五朵玫瑰

　　四月下旬了，天还冷着。傍晚，我徒步从大兴园的水池子旁边经过，发现这里藏着点不寻常的景色：一簇玫瑰在竹阴下开出了五朵娇艳的花来，五朵花儿笑脸迎人，像五位邀宾的佳丽。我放慢了脚步，让自己一向忙碌的身心稍稍停驻，试图寻出点类似诗意的东西来。

　　火苗一样的花朵，点燃着我生涩而疲惫的目光。夕阳在山，时候尚早，使我得以不慌不忙地偷窥：五朵红玫瑰于温润的夕阴里全无一点倦意，却在微风中摇曳着泼辣的热力；五朵玫瑰无须排列姊妹次第，然而分明列出了花枝的层次。我不知道人们为什么要把玫瑰花叫作"徘徊花"，兴许就是它的艳丽太过招惹路人的眼球，因而拽住了行人徘徊的脚步。如果是从这个角度得名的话，我则宁愿加快脚步，免得它落下这个慵懒而泥溺的别名。

新笋已经有两人多高了。在大兴园，在没有喧闹的春末夏初，这里算得上一个极好的境地。园主经常穿一件浅红的衬衣，梳一头飘逸的长发，用一支长长的竹篙采那笋子的外衣——竹箬。倘是有风的午后，她会坐在水池边黧黑的石头上，细细地漂洗野山笋的笋丝。一两只鸟雀兀自在头顶的椿树或冬青树上啁啾，声音极悦耳的，带着平水韵的尾音。

空旷，岑寂，澄澈。我用想象给她设置的恬然生活程式竟是那么的与园子里的场地相谐和。

五朵玫瑰互相交头接耳，似在低语着什么。这一刻，我毫无来由地记起卞之琳的《断章》。这是一个无可赘庸的诗节，也是一个行走中突然失忆的傍晚。

园里的男主人喜爱音乐，奏笛的功夫很好，但他本人则像玫瑰花的别名一样心绪优游，神情涣散。大前年，我随朋友来园里打算弄点花木的苗子回去扦插，正赶上这对夫妻商量着外出打工的事。女人的姐姐一个劲地苦劝妹妹随同她一道去深圳，"月薪3000元，我敢肯定是绑在板凳腿上的"，她承诺似的诱导妹妹。后来我没有弄到苗子，却得到男女园主赠送的两兜嫩笋。

我不知道她们到底去没去南方，人的生存选择有时候竟是说不出的奇妙。

三年中我在外地谋生，除了梦中偶尔出现类似大兴园水池子的影像以外，几乎不再觉得有这个山庄竹园的存在。还有什么比突然遇上现实中的幻想更令人欣喜的呢？大兴园依然充满勃勃生机，当年从女主人亮闪闪的锄头旁边留下来的笋子，已经长得遮天蔽日了。我暗自愧疚起来，被我吞噬的那两兜嫩笋要是在我狭窄的心胸里疯长起来，怕是早把我给挑上半壁云天了。

　　生长？这真是一个可怕的字眼。生长的时空里藏着一切的必然和偶然，也藏着物与人的较量、切磋和圆融。绿竹生枝，池岸生苔，玫瑰生刺，天地玄奥都在已知与未知之间预设着，没有谁比谁更能预卜明天的芬芳。

　　玫瑰花只是一个隐喻，它开不了多长时间便会凋谢的，一如年轻女人脸上的红润。这又是一个可怕的意象，倘若不是如林语堂先生在《悠闲的重要》里说的"人类是唯一在工作的动物"那样，谁知道我们究竟都干了些什么，也许上苍拨给我们的那份事儿哪个也没心思去做，因为我们早就透彻地看清了自己的归宿。

我倒是看见天色越来越昏暗了，玫瑰花的焰火即将被夜色摁灭。西头朱家桥的墓地开始笼上一层暮烟，这是小城郊外最富有传奇色彩的地方，也是我每每打从这里经过却一直没有弄明白它的传奇所在的兴奋点。我想，朱家桥墓地也许有着更多的盛开的玫瑰，岂止五朵，岂止是几位迎人的佳丽？

我敢肯定，在相当长一段时间，大兴园的玫瑰将在我的梦境中保持盛开的姿态，即使它的芬芳和绮丽与园子的主人毫无干系，那也是机缘对我健忘天分的赏赐。我在外面绕了一圈回来，却终究在一个园子的眼皮底下，怎么也逃脱不了；五朵玫瑰仿佛是我匆匆形迹的压缩包，只有初夏到来的竹风水韵才能打开它。刚才那位采竹箬的女人，那个吹笛的男人，那一汪清池，一排秀竹，一阵鸟鸣，不都是我幽幽梦境的精彩配图吗？倘若能够生活得像这一双园主，以水为邻，以竹为友，以野鸟为知音，以玫瑰为访客，那么这境界也多少有着"鹤子梅妻"的意趣了。我就突然想到那位在海边垂钓的蓑笠翁，人间他为什么不钓些大鱼。答：钓大鱼干什么？人说：卖了它以便积钱好买栋房子、买辆车子，备齐生活中的所有。答：那又干什么？人说：什么都有了，就可以安心地消闲垂钓了。蓑笠翁说：我这不是吗？妙哇，圆满的回答。看来，生活中的一些圈子总要比大兴园把人套得更紧。

回望大兴园，寂静中只有几粒萤火，一闪一闪，像几缕纤巧灵动着的思维。

葫芦河去来

　　我写过几首关于葫芦河的诗词，发表在《东坡赤壁诗词》上。有朋友问葫芦河在哪里，竟然引得如此"慨然生诗"。这里我借用岳西网上苍龙先生一首《鹧鸪天》词做一个回答，从题目《游明堂山葫芦河》便可知道这处胜境的妙处所在：春暮林荫曲径深，栈桥鸣涧雨留痕。丝飘马尾虹添彩，谷状葫芦玉漫喷。风静寂，叶清新，山中物我忘晨昏。登临手挽流霞影，洗却霜肩几点尘。

　　第一次去葫芦河是四年前，陪同张华忠先生和倪代琴女士采撷明堂山风景区照片。那时上山的路还没有修好，月亮崖可望而不可即，明堂山这位妍姿淑女犹且"养在深闺人未识"。说"未识"当然不够恰当，因为其时已有不少游客在另辟蹊径寻幽觅趣；仁者乐山，榛莽古藤挡不住追寻的脚步。我们最终的落脚点是葫芦河，虽非智者乐水，却寻找到了深秋里洗心濯肺的大智慧。原来明堂山的出名，却有着葫芦河一份让人惊讶的大贡献。

　　大千造化在这里体现出一"吸"一"吐"的自然姿态。这是一种互补，也是一种交替、一种延宕。好比一个人，吐纳更新总是在无休无止的自然状态下进行着，生命的无穷魅力也就于此得以补充。面对飞流瀑布，这一时刻，你也许思绪遄飞，想到了一

个人存在时空的短暂和一条河日夜奔流的永恒。但是，我们"只是在当下体验永恒，而不是在永恒中体验当下"（作家景凯旋语）。大象吸水，散花吻石，这是吸；葫芦瀑布，马尾银瀑，银柳飞絮，虎口流泉，鳌鱼嬉水，这是吐。七叠泉就是在这吸与吐的交融中展现出来的。内敛和外现统一在一条名叫葫芦的河里，名字实在俗气，然而大俗中才见大雅，这也是一条自然之流。

你站在栈桥上看七叠泉的风景，看风景的人在桥上看你，这是又一个《断章》吗？每一个看风景的人终将永归沉寂，化作尘埃或飞沫，所以说，在当下体验永恒，是人的思想轨迹的发轫。去冬，是第三次游葫芦河吧，我和米兰卡先生用一架数码相机拍一只困惑的螳螂，试图把它推到草叶尖上，再把它举到空旷的夕暮中去，命名为《天涯归客》。可是多次的努力只是徒劳，螳螂依然固守自己的一片橡叶，一动也不动。于是我们发现，世上根本就没有什么天涯归客，一个人一辈子都在出发，却没有一回真正意义上的到达。永归沉寂也是一种出发，虽然多少有些禅宗教义的味道。

　　游一次葫芦河应当有一次发现，尤其是发现自我。我还没有在哪一个夏天来这里，夏天的葫芦河会是什么样子呢？满山的青冈栎会在吐纳喝彩声中长得更加青葱一些吗？间杂的油桐树果实青青，那也是一些思想的头颅吗？一弯新月挂在瀑口上边的悬崖上，仿佛一只耳朵，谛听到的又是些什么隐秘呢——人们总是在窥探自然的隐秘，并以此为乐，而对于自身的秘密却往往缺少发掘，甚至一无所知。因此，人类想象中的那只耳朵渐渐变得臃肿，明亮，几近一只眸子。窥视，谛听，倘或在夜里变成思想，似乎是一次成功的抵达。

　　躺在明堂山大酒店雅洁的床铺上，听葫芦河的水声，不同的季节有不同的韵味。趁梦寐到来之前，你想到，有些风景在你的眼中，还有些风景却只能在你的心中。眼里的风景会时时变动，心中的风景却能永恒。像呼吸，也像鼾声，还有点像梦中呓语。

　　葫芦河，我们去去就来。

桃花冲

　　桃花冲是在我生命中散发着木质芬芳的一个地方，它在湖北省英山县，与国家级自然保护区鹞落坪仅几里路之隔。桃花冲有个狭长地带叫八里牌，它的长度是不是八里，我没有做过考证，但在我小时候懵懵懂懂的心思里，这是一个难以逾越的长坡，跟在父亲后面要走很长时间才能翻过去。往往是东方才泛白时就出发，在蜡烛尖下吃过午饭，到达八里牌已是星斗满天了。八里牌那儿有我的亲戚，论起来我该叫他姑爷。父亲在世的时候，我们每年都要去那里一次，大多是在夏季。八里牌是大山，生长着茂密的松杉和椴木，后来才知道那就是桃花冲林场的一部分，是湖北的一个大林场。

　　夏天的桃花冲凉风习习，蝉声悠悠。百合花开得比我哑姐的笑靥还要好看。哑姐是我的一个堂姐，正好和姑父在同一个作业队比邻而居，她长我几岁，自小失语，人却是异常的伶俐，模样又漂亮，因为做得一手好针线活，远近的乡亲都晓得她。我在桃花冲的日子，哑姐显得特别的高兴，她把我当作自己最亲的弟弟看待。我没有兄长，也没有姐姐，现在忽然得到堂姐给予的呵护与关心，我平生第一次感到幸福和快慰。她家屋边有一棵柿枣树，夏天，枝头上还只有猫奶大的青青果，她就比画着表示要在秋天里给我留下最甜的枣果，"甜"这一概念她是用咀嚼和咂舌来表达的。她家的玉米地常遭猪獾糟蹋，她又比画着叫我夜里和她们一起去守夜看护玉米。最快乐的当数上山去挖野百合，远远地瞧见了鲜艳的百合花，哑姐迫不及待地赶上前去，掰开石块，掏去泥土，掘出又大又白的百合瓣，那百合瓣就像哑姐玉白的牙齿，咬住几多俏言妙语。

桃花冲还让我见识了最大的木头。林场的大木一秒冲天，所多的是杉木椴木，金钱松和罗汉松一般都长在山顶。大木被伐倒，裁成一段一段，堆在公路边上，整日里弥荡着一股清香的杉木气息。直到如今，我一想起八里牌，一想起哑姐，鼻子跟头还可隐隐嗅出这种气息。

父亲就是从桃花冲过继到安徽的，因而严格地说，我只是半

个安徽人。我的另一半留在湖北的桃花冲，那里的木头上仿佛刻着我的年轮。我甚至曾经为这样一件小事而自豪过：70 年代末，乡邻们生活眼看没有着落，我和父亲把他们介绍给湖北的生意人，让乡亲们把家里产的豇豆角偷偷挑过界去，以便换取一些吃的用的东西。现在想来，桃花冲那儿在当时管得就宽松多了，一些小型的日常贸易照常进行着。我和父亲在那里能喝上白酒，能吃上猪肉和豆腐，购买一般布匹甚至可以不用布票。哑姐曾把她的青花竹布送给我，那是我们当地所没有的。

去年再到桃花冲，只看见早已卖给别人的一栋小屋，那是我的大妈和哑姐留在世间的唯一的遗物。哑姐假若还活在世上，也不过 50 岁光景，正是儿女都能帮上忙的年纪，应该滋润地过她的日子，可是天不给寿，让那么玲珑的人早早地去了。记得当初我父亲曾经想让她们孤儿寡母搬到我们安徽来，一起过那种严格得整齐划一的日子，大妈和哑姐都不情愿，这从后来的事实看，不能说她们没有眼力。

我当年见到的最小的杉树，在桃花冲林场的公路边上，已经有一大合抱粗了。这里的人家大多生活殷实，经济基础较为雄厚，员工们按月领工资，吃商品粮，孩子进林场职工子弟学校，拿到了文凭，再回到自己的林场，不愁分配不下去。那晚，我躺在一个当年我姑父的徒弟家的床上，敞开着窗子，任木质的芬芳飘散进屋子里，充分享受着盛夏时节高山林场独有的清凉。我有些难以入睡，我一直在想人的生存问题，想我老家的过去和现在。与桃花冲一岭之隔，我长大的地方，以前也是大片茂密的森林，而今山脚下有些地方却被伐光了。好在保护区现在已经在采取措施，切实保护一些动植物资源，要不了多久，桃花冲的自然景观也会在这里出现的。

菱湖邀月

　　我应该换个环境了。我说换个环境有两重意思，第一重意思是换个工作环境，在一个地方待久了，连鞋榻上生出绿茵茵的霉菌也浑然不觉，更不要说思维的马儿老是要往司空见惯的道上跑。因而在仲秋里的一天，我和我的一双女儿，还有那油漆剥落的四只书柜，一同来到了菱湖边菱北大道上的一个鲜为人知的去处，打算住下来，开始一段新的生活。第二重意思呢？是说今夜恰巧是农历八月十六，中秋佳节的后一夜，在我的意识里，仍然可以看作是一个人到中年似的佳夕。小时候念过一首拆字拈连诗，诗说："中秋永夜乃良期，月下弹琴学古诗。寺后庵中游桂庙，朝中宰相费心机。几时修得桃源洞，同与仙人下象棋。"这是最初给予我的关于中秋文化的启蒙。然而每年总是手把家门，对一盘苍苍老月呆呆注目，兴味多少总有些萧然，于是眼也涩涩，腿也僵僵，便决定今夕换个地方，到宜城的菱湖公园去追逐明月。

　　本来是要等一个朋友一起去的，那朋友写得一手好诗，在这难得的金风玉露的夜里（我突然想起了苏东坡的"明月几时有"来），若能同他唱和几首关于团圆的诗句，岂不是更添雅趣？可惜朋友一直没来，只好一个人踱过波光荷影中的甬路，向石刻的四个大字走去。

走近用手一摸，方知不是石刻，"菱湖夜月"四个字是刻在水泥立起的仿石上，由那硌手的粗糙沙粒可想而知。月儿刻在哪里倒无所谓，关键是真正的月亮应该映在何处——当然现在是映在湖心亭以东的荷叶的空隙里了。你看，荷这种出淤泥而不染的君子，眼下却居然自高自大起来，它撑起一柄柄嫉妒的伞，要强罩圆月的一面娇颜了。也许正在这欲罩未罩间，菱湖夜月才分外地现出她的姿色来，并且，正是有了烘托与映衬，我才从俞平伯先生少年的联语里油然翻出"绿珠湖上月"来。我疑心靠湖心亭的石头最近的几株荷茎中，就有一个俞平伯，就有一个郁达夫，就有一个朱湘、一个庐隐、一个余光中。他们大约都在这菱湖边上凝望过，虽然有的观花，有的听风，有的赏露，有的已然记不住安庆的振风塔名（余光中便是其中一个），但这些大手笔无论站在哪里，艺术的月光都会为他们辟出一廓美妙的夜景来。

我有一点儿激动与庆幸了，我和诸位大师曾经共有这一个月亮，尽管时间离析出月色的浓淡，思想又拉开了审视的距离，但我觉得月夜对每一个人都是无私的公平的，只不过如唐代诗人王建所说的"今夜月明人尽望，不知秋思落谁家"罢了。沿着秋夜的一脉相思，在你静静的心湖中，团圞秋月笑靥如镜，明净，恬然，纤尘不染；一旦你忧心骤起，再圆满的月也是一脸憔悴，满瞳风波。从这点上来说，今夜的菱湖，菱湖的满月，应是当得起我追溯的价码的。

记得第一次带女儿来菱湖，是个夏日的黄昏，满湖碧叶泼墨凝翠，菱花举得高过人头。两个孩子争说花叶之美，不依不饶。我随口说出了两句怀宁人鲁琰的诗："争道莲花胜莲叶，花开易

落叶长圆。"女儿也念出"莲叶何田田，鱼戏莲叶间"的句子。不巧那是个暑月的上旬，无月可赏，而全身热汗淋漓，只好早早归去，与菱湖夜月失之交臂。今夜驻留久久，菱湖又有了几分新凉，菱花自然难以再见到，荷叶正在与青春告别，那无声里藏着多少穿过藕孔情畴的心之恋曲啊！

三两游客径自走开，这里只留下我和几盏走不去的灯火。灯火哪里有烘托月色的魅力，我更没有辛稼轩"随分杯盘，等闲歌舞。问他有甚堪悲处？"的襟怀。他在庚戌（1190年）中秋后的第二日作了这首《踏莎行》的长短句，立足上饶带湖，意攀夜月楼台，渲染的却是悲凉的政治气氛。我今临湖，分荷咽秋，心中涌动的是两千年第一个中秋的情愫。无须说月光曾经是怎样的皎洁，荷香曾经是怎样的馥郁，单说这宜城是怎样的宜人，也足以叫我把菱湖悄悄移进新凉的梦境中去。

大江流日夜

　　长江流经 8 个省级行政单位之后，来到我们的身边，来到我们这座有着两千多年历史的古城下，我们把它叫作皖江。它旁边的一条大河我们把它叫作皖河，北岸的大山便是皖山，或者称为皖公山。我曾经依偎过的这个城市就叫作皖城，亦即宜城。

　　皖河入江之口古为"皖口"。王安石有诗题曰："皖城西去百重山，陈迹今埋杳霭间。白发行藏空自感，春风江水照衰颜。"这是他在宋仁宗至和年间（1054—1056 年）任舒州通判时写的，此前，他还在至和元年（1054 年）由舒州而至含山时写了一篇脍炙人口的《游褒禅山记》的名文。另一位诗人黄庭坚自舒州顺流入江，至皖口处蓦然回首，怅然吟咏："却望同安城，唯有松郁郁。遥知浦口晴，诸峰见明雪。"皖口今在安庆市怀宁县山口镇，是古代皖江岸边的重要军事基地和水陆通道。

　　起看朝曦江上染，梦回叠浪枕边存，这是我们身居其中的这座江城的写照。选个晴和的日子，迎着晨风，放眼东郊，目光越过龙狮桥，越过长江大桥的巨大桥墩，就会看到朝阳酡红的脸庞正从下游的江面上缓缓升起，或者想象着夜里正有一场重大决赛已经定夺，凌晨正庄重地向我们这个久负盛名的城市颁发了一枚硕大的金质奖章。鳞浪层层的江面，更是铺金叠银，斑斓闪烁。

一片帆，一叶舟，一艘大轮，一排吊车，在朝晖霭霭的逆光镜里，被定格成一幅木刻、一抹速写、一组背景阔大的剪辑、一帧情趣盎然的剧照。在古人吟咏大江的绝唱中，有"锦江春色来天地，玉垒浮云变古今"一联。倘若站在长江边上，伫望旭日从江中升起的壮丽场面，聆听着身后大街小巷车水马龙、市声如潮的喧哗，不知那境界又会上升到何种地步，那岂止是"春色来天地"，那简直是诗意入壮怀了。

沿着号称"安庆外滩"的崭新江堤，从容踱步，极目上溯，你会看到昔日有"八卦门"之称的西城门已经被次第矗起的高大建筑替代，这座古城的"正观之门"，与经济技术开发区东南一西北乜斜遥对，在这条长长的对角线上，贯串着安庆的政治、经济和文化的大建构与大创意。而大小南门，也就成了这座现代开放城市透视外部世界与迎迓四海宾朋的亮丽窗口。又一艘大轮靠岸了，苍劲粗犷的汽笛与起落徐徐的甲板，曾经把一辆辆汽车、一个个旅人送上此岸，复又载着一车车回望的目光与眷恋的心思离开北岸，将那些影影绰绰的忙碌身姿和参参差差的皖江方言送入南行的滚滚人流。如今大桥飞架南北，轮渡牛哞般的吼声是否有了几分失落几许怅惘呢？

华灯初上时分，澄江如练，灯光如绣，逝水流走了多少时光，却流不

走高高的寺塔和它斜斜的投影，流不走海关的钟声和它悠悠的回音，流不走水师营市场的叫卖和焚烟亭老人的回眸。大堤让江水的絮语沉静了几分，夜阑使渡口的嘈杂减轻了几许，这时，我们才发现，我们面对的这道大堤正是广济圩的一部分，它是宜城之夏洪峰到来季节的守护神，是为临江之城匍匐听命的一道铁骨铮铮的脊梁。

江风冻而甦，舟楫去复停。读大官亭那副长长的楹联，你会感觉到苍茫中的大气，也能品味到人生过客般的恍惚：何必穷天地奇观？但看风帆上下，云水东西，也算是气象万千，都归一览；况仰天大笑，俯地皆空。把酒快登临，且任我豪饮狂吟，寄蜉蝣天地。说不尽古今幻变。试问三李文章，二乔夫婿，与那些贤英四五，同到几时？纵自古为雄，而今安在？凭栏增感慨，只留他忠魂义魄，乌兔古今。

口气虽然不小，毕竟是已经过去的那个时代的慨叹，在我们皖江文化的浩渺烟涛面前，在我们重绘宜城新蓝图的设计师心中，在那些"安庆物流，华东一流"的大手笔下，即便豪饮狂吟、仰天俯地，这位署为"佚名"的作者，也要稍逊一筹了。他若幸逢斯时盛世，更当文风荟萃，高手如云，抒发的当又是另一种情怀，那也许是：一江春水是墨，滚滚才思融万里；百丈宝塔如椽，巍巍诗格立千秋。

正午盅形山

　　小镇、学校和医院都在一座山下。这山，唤作盅形山，远看近观都像一只倒扣的盅子。偏偏有人不认可，说是钟形山，于是在同一间病室的两张病床上，我们就有了无谓的论争——能够在这样独特的环境里辩论一件无论对自己还是对别人都无关痛痒的小事，足以说明正方或反方的病情都不怎么厉害。其实我查过一些地方上的资料，或者是口头资料，能够证实这山是盅形山。某朝某代有两姓人家为争得这一方宝地，进行了相当长时间的纷争或武斗，原因是这两位先祖均属水命，所选坟圹命穴必须能够固水，方才不致让龙脉灵气流失。如此之大的盅子正好蓄养得住那水那气。病友点头，说中午请客，就用那"盅子"敬我一盅。

　　说着说着，盅形山的正午就来了。

　　盅形山的正午是端庄的、明媚的，有一种成熟女人的娴静与优雅。从病房的窗子看出去，盅形山并不很高，也不傲岸，因而只有那顶上的手机信号塔反而显得格外突出，像一位边幅整齐的人头顶上居然耸起一撮头发。看见手机塔我就觉得肋下隐隐作痛，这痛却缘于一则报道，说美国某一小区的一栋房子里，所有人都患了同一种怪病，却无法查出病源。后来科普工作者查出了得病的原因，乃是这栋房子的居民正好住在两个手机信号塔中间，强电磁波辐射或折射的角度刚好对准那栋房子。于是居民集体起诉，两座发射塔被迫迁走。出于公共利益考虑，我压根儿不敢想象让手机发射塔迁走，盅形山的高度正适宜于安置这座苗条的铁塔，何况我也是其中的用户之一。在晴朗的天气，仰望那塔，心底还会升起一缕将人生的卑琐附丽于挺拔的感觉。

隐忍着疼痛，想想也已经人到中年，纵然无法去比拟谌容笔

◎ 正午盅形山　张泽润　摄

下的陆文婷和家杰，但时光过午的唏嘘总是难免的。陆大夫弥留之际，一双双眼睛，男的，女的，老的，少的，大的，小的，明亮的，混浊的，在她眼前一齐出现。而我即使闭上眼睛，也只是浮现出一座盅形山，正午的盅山。一些活泼泼咋呼着的孩子在寻觅半开的秋菊，一些收拢稻草的汉子把草垛堆上山脚下的树丛，一些牛羊在啃着尚青微黄的秋草，一些不知名的鸟儿在抢食枝头上的野果……生命的态势在一个秋天的中午就这样呈现出来了。还有一些物事，是迎着阳光泛色的石岩，是茅花飞尽的茅竿，是一棵去年就折了茎的水冬青。古坟在哪个地方，从来没有去看过，据说由于冥命轻微，天上雷公铲了它几次，这正应了古人"命薄躯微靠纸牵"的说法。不过，先前的人们除非是干脆倒毙了，否则很少有像我们这样躺在医院的床上，一边接受蒸馏的甜咸水，一边胡思乱想着"上穷碧落下黄泉"的。举个例子来说，我的祖父和叔祖都活了将近90岁，在80多岁时还能在大集体里挣得满工，据说一生都没害过病。我清楚地记得我五大三粗的祖父，扛起桁条来干净利索，绝不亚于年轻人。

　　我距他一半的岁数还不到呀，怎么了？难道生命真成了一只软体蜗牛，需要靠一张壳来支撑吗？

　　手机响了，是一个朋友打来的，是问候。这声音转了一个弯，不知是从哪个方向传来的，在盅形山顶上停顿了短暂的片刻，才找到这间病房。手机真是个好东西。爱屋及乌，手机发射塔也是好东西，一切使我们的生活变得方便、快捷、利索。实用的器具和元素都是好东西，包括添加剂和催老素。坚信好东西不会使人夭寿，当然也就不会使人过早地衰颓。不是有人举出李商隐只活了46岁的例子吗？说他如果不是最终没有踏上仕途，因而精神上受到打击，"一个多愁善感型的人，遇到挫折便心灰意冷……一心愁谢如枯兰"，那是绝不可能早早地离开人世的。这意思是说，物质的生活并不怎么重要，一旦精神生活被摧毁，就香消玉殒，不可救药了。这一家之言并不新鲜，仍然脱不了"精神胜利法"的窠臼。回过头来看，医院各处门庭若市，心理诊断室门可罗雀，一些体肤脏腑的问题还得由物质的器械和药丸来解决，就像蛊形山一度遭到破坏，还得用人力去恢复。信不得雷公铲了蛊山上的坟茔，既然那儿是好地方，谁都有份，你看我们现在共用一个手机发射塔多好！

一座小山的进步依赖一座铁塔，由于它的高高耸立，我们会忽略那山上的许多东西——笔直的松杉，羞涩的红枫，丰富的野果，甚至包括人为地给它造成的创伤。同样，一个时代的进步有时也难免依赖一些流行色的炫惑，让你简直渐渐忘却了自己本来的发肤颜色，只有饥饿的感觉大同小异。

在医院敲响午餐铃的时候，我在病友的搀扶下从床上下来，站起，透过窗子，看见山脚下的河边，有几个小男孩正在无所顾忌地堆沙碛，屁股撅得老高。阳光很柔和地照在树林和岩石上，低矮的盐肤木率先红起叶子。蛊山的正午肃静，恬然，头顶上一丝云彩也没有，有的是秋的丰满和熟稔。

清明柳

　　"梨花淡白柳深青，柳絮飞时花满城。惆怅东栏一株雪，人生看得几清明。"苏轼的这首七绝道出了人生若白驹过隙、岁月来去匆匆的幽思，而生活在无忧无虑境地中的人们也大多如游丝柳絮，轻飘飘浮荡了一生，倦恹恹混过了一世。因此，"人生看得几清明"，实在是诗人自我的彻悟，更是敲响浪子云客的醒世警钟。

　　看看清明又到，依然十里莺啼。长堤外的柳树似乎在一夜之间就缀满了无数的珠粒，清新可爱得如带露的花枝，似嵌玉的绣帘，倘若说是竖排的诗行，诗眼亮丽，诗韵氤氲，又何尝不可？爱柳，缘于一次偶然的巧合。五年前的一个春晚，寒风尚劲，疏雪如萤，我送一位亲戚回家，路过一家大院。那家主人正在雪中修剪花枝，地上就有被锯下来的柳枝。我随手拿了两茎，嫌它太长，不便作夜行的拄杖，就用刀子斫去了大半。回来后不知怎地就随手插了一根在门前豆子地里。一直被我忘记了好久的半截冬枝，忽然在一个早晨让我大吃一惊，它爆出了嫩嫩的芽，泛出了微微的绿，有了大病新愈的容颜肤色。我索性给它个顺手人情，培点土，浇点水，拔去旁边的枯藤，捡掉脚下的碎石。而另一枝早已不知去向，于是留下这门前独柳。

　　春节过后不久，只要细心注意柳树，就能发现它一日比一日不同，先是枝丫间似乎有了一团轻烟，慢慢转成绿雾，继而绽出亮晶晶的星星点点，仿佛那一块的天空也鲜活而朗润，从那儿吹过来的风也带着醒神的味儿。真正欣赏柳树的神韵还得等到清明，那时满树的柳芽雀舌，争着抢着在春风中发言；满枝的绿光青影，也摇曳多姿地款款走到台前，像唐朝的女子，向你道着万福，给你甩着水袖。柳的可爱，也不全在于她的柔姿媚态，主要还是看在她走在春天的前边，像位伴娘引着新娘向爱情的红地毯姗姗走来。

　　爱柳，与少时读过的几首柳诗也许不无关系。11岁那年，不识字的父亲将我送到一位飘着白胡子的左肩高右肩低的老中医那儿，要我跟他学念古诗。老中医很忙，白天很少有空教我读诗，便给了我一个宣纸的大本子，用手折出格子，竖行的，叫我抄写

《唐诗别裁》和《绝妙好词》。至今，这个本子还在，字歪歪扭扭，煞是难看，诗词却透熟烂滚。我惊讶于当年的记忆力，那么一大本当时根本不理解的律绝和长短句，我竟能记住绝大部分。其中就有韦庄写清明柳的诗："满街杨柳绿如烟，画出清明二月天。好是隔帘花树动，女郎撩乱送秋千。"还有李从周的宋词："风冒蔫红雨易晴，病花中酒过清明。绮窗幽梦乱于柳，罗袖泪痕凝似伤。冷地思量着，春色三停早二停。"至于"无花无酒过清明，兴味萧然似野僧""花染烟香，柳摇风翠，春工写出清明意"等名句，每到清明时节，便从印象中突兀而出，信口吟来，倍感亲切。

我似乎还不知道柳与清明的关系中更有着一重愁绪的渊源。宋人罗绮在《八声甘州》一词里说："甚匆匆岁月，又人家，插柳记清明。"后来慢慢明白，柳高一梢，岁过一年，光阴荏苒，一增一减，原来还是为了珍惜时光，记住倏忽而过的每一个日子。古人真的比我们有自觉性、有作为一些，你看，插柳记清明，一人行动，千百人行动："忽见家家插杨柳，始知今日是清明。"（陆游《春日绝句》）为什么在那么多植物当中，偏偏要插柳？大概由于柳树长得快，发青早。"日薄风迟，柳眠无力花枝妥。燕楼空锁，好梦谁惊破？"（宋石孝友《点绛唇》）一头青丝飘白发（柳絮），的确能叫人感悟到许多人生的真谛。

清明看柳，如果如古人一般也同时在看人生，思过客，念光阴，那么为了自己，也为了孩子，就多插几棵翠柳吧，虽然"黄莺乱啼门外柳，雨细清明后"是当下快事，但"未知东郭清明酒，何似西窗谷雨茶"（黄庭坚《见二十弟倡和花字漫兴五首》其一）。趁着清明朗日，对柳品茶，倒是真能品出一点人生况味。

　　杨柳虽是两种树，却相依相倚，不离不弃，仿佛在清明时节约好了一般，沿着长堤，顺着坡坎，一径走向前去。杨柳是行走的树，是树中的旅人、三春的行客。因此看柳，不能坐看，不能倦看，不能只看自家门前的柳。行人踪迹至未至，只有柳先知。

青　天

青天是我名副其实的故乡。

青天是一个自然乡，有 18 个村，只有青天畈是最开阔的一个村。它曾经称作新田畈，据说古时候某姓氏在此立足开山，辟出一块新田，后来就养活了一大群后代子孙。我在这个村的岭头名叫瓦业岗的地方一待就是 18 年。瓦业岗接纳了我，和那些烧得半青半黄的砖头瓦片一样，我自知自己的分量，除了认真教书，不敢有其他任何奢念。

好在青天畈有一条大河，一年四季维系着生活在这深山腹地人的命脉。夏天到那里去洗被子，冬天把河水端回来倒进锅炉里，烧热了给师生洗漱或饮用，这日复一日的亲昵，这年复一年的温故，使一条河多少通了些人性。这条大河是个直性子，一根肠子到底。我有个朋友总喜欢在洪峰突起的时候拉上我，去到一座叫作"同兴"的桥上看大水，看暴洪无端地把人家搁在河边的农具或家什卷走，看来不及蹚过河去的猪崽或羊羔浮游在水面上，甚或听见几声女人无助的号啕。

青天在某一张地图上印刷出了点问题，因此常常从邮局取出"青山畈"收的信件。其实也并未大错，青天畈四周的确青山环绕，北面是崖岩凸起的明山寨，南面是郁郁葱葱的老鸹尖，西起国家级自然保护区鹞落坪，东至江淮分水岭的大界岭。如果在晴朗的日子，站在界岭上，能见到一条山脊的龙脉一直绵延到我家所在的草鞋岭。不过"龙气"究竟抵达了谁家，又将在何时，这是我所不知道的。

　　套用醉翁的文句是"环青天皆山也"，山有奇石，名曰界牌石、老虎石、豪猪石、开箱石、大石河、小石河、鬼石洞。石分优劣，有的温润可亲，有的愚顽可憎；有的可以做板材，有的只能砌砌坝，铺铺路，因为不能形成名胜景点，也就没有谁来保护。如果你需要，尽可以把大小石河的石头运回家去，当地村民说不定还要感谢你给他们疏通了河道。有一条小山冲干脆叫作石板冲，整个河道真的是"全石以为底"，由于其间曾发现过许多娃娃鱼，故而石板冲在这一带有一定的名气。娃娃鱼是国家二级保护动物，当然捕不得，但在石板冲里扳河蟹，不失为夏秋季节的一大快事。去年暑假，我和教办的朋友一道顺冲而下，不到半日便捉得黄澄澄的鲜蟹一大方便袋。运气好时，还能捉到麻佬鱼

◎青天　方跃　摄

（即麻驼贡鱼，清代献给皇帝的餍品），既肥且软，吃这种鱼是从来不去骨的。

　　青天的水亦良多野趣。当地俗谚云：响水崖下涧，跑马岗上松。又有人作了一副对联：跑马岗上无马跑，响水崖下有水响。响水崖源于高村仓山，像一群野兔，没头没脑地蹿出山口，就挂在了高高的悬崖上。飞珠溅玉，落涧宛若抛丝；飘絮扬雾，造势如同蜃景。洪峰时节，啸声如雷，震得山鸣崖颤，立足伫望，触目惊心。我作过一首《又经响水崖》的七绝，诗曰："逐雨驱云播水花，年年喧响在高崖。奈何变作匡庐瀑，直下三千名亦遐。"接下来要说到九河了。九河乃九曲河之简称，扭扭捏捏，从一峰一壑间姗姗而来，亦有文人墨客赐名"酒河"，使人想起"九曲流觞"的雅韵。同样，石河也可谓"食河"，深秋季节，临河野炊，就着河水煮河鱼，烧烤着从山崖上滚下来的毛栗儿、慈姑儿，就有了"重阳佳趣多，菊满小石河"的吟唱。小石河旁侧有一奇景，为整片大石中凹下半间屋子大小的椭圆形槽盆，深及人胸，碧水如玉，涟漪层叠，缓进缓出，人称小华清池。夏日来此野浴，有神仙道不得的无穷快意。

　　家乡山水不能一一濡染在笔底，但在这块117平方千米的土地上，上面是青天，下面也是青天，这在全国的地图上还没有看到有重名的。为什么要把它改成青山呢？青天朗朗，我的故乡又高又远啊！

红水塘之夜

仰望重阳

重阳日只剩下一弯残月了，登高的同事还没回来。

黑松林的上空，清辉淡淡，云影横斜。这个时候，乡下的老年人总会念叨：重阳无雨一冬晴，而在红水塘边，我们只能说：重阳又高又远。

一点儿听不见捣杵的声音，也闻不见糍粑和豆沙团结在一起散发出来的浓浓的民俗的香气，更不要说茱萸的气息了。几处昏黄的灯光，照出枯草叶上秋梦未圆的露珠和一两声蚂蚱的孤吟。

站在秋草的位置仰望重阳，登高的也许只有思绪了。斜月西移，时光渐进，就在一声轻微的叹息里，把"黄花分外香"的重阳删进了岁月的回收站。

又高又远的是古典的重阳。

塘埂上的孩子

　　一个小男孩坐在水塘的坝埂上，也就是说，一个小男孩坐在我的童年里。

　　他在数着自己的脚趾——小小的年纪，他在数着自己的心事。

　　在逃离灯光刚被月光照着的地方，他低着头，坐立的姿势就像一只厌食的青蛙。

　　抬起头来吧，小朋友？别在节日里生气，不必将小小的足趾数得太熟，不要撇开月光的温存。想想你长大的艰难，你就会抬起头来，你要看到红水塘的心胸竟是那样的开阔，你迟早要背熟"心事浩茫连广宇"的。

　　夜还不太深，你就多坐一会儿，让我在离你不太远的地方悄悄陪伴着你，当凉风拂起时，我们一同起身，朝着"灯火隔夜凉"的地方走去……

奶牛的晚餐

奶牛在吃一大堆青菜或萝卜的叶子。奶牛在共进它们的晚餐。

奶牛们的打扮从来就是这样，白色的底子上套着一件黑马甲。聚餐时，它们显得很悠闲，一律甩动长尾巴，把品尝的享受表达得十分充分。奶牛的路很短，但是它们的眼光很长。

只是，它们终究没有看见那些白色的像这月光一样的奶汁最后流到哪儿去了，它们没有听到一声牛仔的啼唤，这个时候，它们可能会停住咀嚼，或者淡化品尝的感觉，稍稍眯合了一下睁大的眼瞳。

如果其中有一头牛惊悟，那么它们就会不约而同地指着早餐桌上的人说：看，那里都是我们的孩子！

山鸡拍鸣

很久没有听到过山鸡打鸣了，偶尔听到，心里顿生出一种亲切的感觉。

乡下的山鸡隔着茶棵打鸣，四月的乡村被拍得情韵悠悠。

想不到这重阳之夜，大龙山脚下，竟有许多只山鸡彼此和鸣起来，声若朗笑，激荡夜空。这自然的夜阑，实在是越来越难得了，尤其是我们的听觉被塞得满满的时候，山鸡拍鸣不啻一盘上好的清洗带。

倾听山鸡拍鸣，觉得自己是走在回家的路上。

你听，山鸡没有方言，它们的啼鸣和我们共着同一组韵母。

半坡黑松

这些都不是美化城市的装饰树种，半坡黑松，不知从哪个年代残留下来的。既然留了下来，就要自然生长。它们没有被剔枝，没有被修剪，无拘无束地斜逸着，挺伸着，交错着。干，直上天空；枝，径走四邻。黑松活着的模样，像古代的某一位隐士。

但是黑松林的形象有一天被改变了，我亲见两个民工从林中伐倒两棵大树，把它们扛到了工地上。以后，这两根松木，就直竖在建筑工地的出口处。它们被砍削得比行道树更加不堪入目。由此看来，非真隐者，一旦有了时机，连脱去原先那件暗淡的衣服也显得迫不及待。

白　碑

这里聚集着数不清的墓碑，只有一些在月光下能反光的白碑历历可见。

我明白那都是一些冰凉的履历，尽管有些简约到只有一个姓名。

一个姓名占据着一个小小的位置，一个位置保留着一份深浅不一的记忆。

我的目光从这些白碑上扫过去，好像在寻找属于自己的那一个。

我的白碑不应该安在大龙山下，它在行走中还没有找到自己的位置。

一个活着的人其实也就是一块碑，岁月早已给了他最终的墓地。

一些人有时候扛不动自己这块碑，在半路上就给他压垮了。

最小的碑就安在别人的舌头上，另一些人被这样的碑压死。

一车柴

从采石场上收晚工回来的民工，拉着满满一车柴。他们大声地谈笑着，像柴火在灶膛里热烈地燃烧着。

这是今天最后一个蕴含着热烈情绪的意象，一车柴，可能使人想起白居易笔下的一车炭，或者是威廉·布莱克笔下的一车砖。

劳作者从来不放弃哪怕是一个很小的收获的机会，比如路边的一堆粪，坡下的一只松球，水沟中的一只废竹筐。一

些微小而又可取的东西，只要一躬身，就得到了，殊不知这一躬，需要几辈子才能学会。

这是一车柴给我的启发，正如我前几天在大街上看见了一车稻草，虽然用板车拖着一车稻草招摇过市不够雅观，但起码让一些人重新感受到这已经是秋天了。

授　衣

凉意骤起。

这让我想起了《诗经》里的那件衣。"九月授衣"的款式已经大变了，不变的是时间：九月。

那时候，不知谁站在红水塘边上，他在想些什么，他一仰头，看到天空中除了星月，只有星月；我看到那缓缓移动的亮点，却是飞机。

我把衣服披在身上，慢慢向回走去。夜已经很深了。本来还有一章《与爱人一起散步》，看看表，时间已经很久了，罢了吧。

妙音出燕窝

　　2011 年 4 月 10 日，安庆市作家协会主席团和潜山县作协一行，趁天清气朗、柳绿花红，饱览了安徽新农村建设示范村庄——潜山县水吼镇黄龛村燕窝组。该组有农户 56 户，总面积 2800 多亩，是一个极富生态环保和文化底蕴的美丽自然村落。

　　村庄斜行似玉嵌，花木掩映是春发。仲春来到燕窝，正是时候：人在佳木下，水流碧溪中，一行树，一排竹，一园花，一畦茶，一双燕……身在这样的环境中，你很难用诗句来抒发心里的感受，因为现实的画意已经远远超出了诗歌语言所能表达的意境，何况生活早已诗化了：老人瘪嘴间的笑靥，孩子嬉闹间的聪颖，村民谈话间的自豪，甚至连燕子进出间的轻捷，无一不是自然的诗语、灵府的光华。

　　该关注一下我们头顶上的紫燕了。燕窝得名，当然源于这"自来自去"的梁上燕。燕窝组的核心是程家祠堂（村庄居委也在此），这祠堂与别处的宗祠不同，那就是第一道大门虚设，下有槛，上有楣，中间却没门。老人们面带喜色地告诉我们，程家祠堂外门不设，为的是便于让燕子来做窝孵雏，繁衍后代。又说，燕子是吉鸟，它来到哪里，哪里就兴旺景气。宗祠招燕，福泽绵延，大好！后来祠堂各处都结满了燕窝，地名遂以此命名，代代流传直到现在。

　　我们当中有位作家说，如今，外面不少地方不再来燕，大概是环境恶劣、气味不纯的缘故吧。是啊，这燕窝组，它的卫生状况，是我所见的第一佳处。老人掰着指头向我们数道：路好走了，灯明亮了，臭气没了，河水清了，花木香了，村庄美了……一位80多岁的老奶奶拉着我去看"农家乐"土菜馆，橱窗里的菜品多得令人不相信这是远离街市的乡下，却又全是来自自家菜园和山前屋后，来自没有化肥农药的田间地头。山肴野蔌，杂然而陈，我想到欧阳修倘赶上时候，来此饕餮一顿，不知会沉迷到何等程度！在画册上，我端详着这句话：金窝银窝，不如我们的燕窝！好一句广告词，不，这绝非广告词，是大实话。将来从这里飞出去的，也一定是金燕银燕，是俏丽的春之使者。

　　燕窝组 220 位居民，尽享"三清""四通""五化"之福。"三清"即清沟排水、清垃圾、清路障。以组为单位，农民投工，集体出资清运，定点堆放，作无害化处理；农民以户为单位，对房前屋后的卫生进行清理，加大清洁卫生力度。"四通"即路通、水通、电通、信息通。"五化"即村庄绿化、道路硬化、溪道净化、路灯亮化、村道洁化。在居委会工作力度监督显示栏上，我们看到"村庄整治我做主"的责任签字牌，一笔一画，一名一姓，都凝聚着居民对新农村的虔敬和对家乡明天的由衷瞩望。当我们走过分类垃圾箱，走过冲水公厕，走过卫生承包评比栏，走过休闲小广场，走过文化娱乐室，走过农具之家，走过新停车场……我们在心里说，喊了多少年的"新农村"，如今真的呈现在眼前了；新农村的蓝图，终于在这一代人手中绘就。紫燕轻翔，不也在书写着崭新的篇章吗？

　　两株巨树在小广场东头铺洒开沁凉的浓荫，树下是消闲的老人和孩子，树上是欢快的鸟鸣和青嫩的新枝。没有谁再提起这是两棵风水树，黄凫村燕窝组的风水是政策带来的，这样的宝地岂止一个燕窝一个黄凫。在许多地方，各具特色的新农村模式正在形成，只是，燕窝在大山里聚纳了更多的水汽山色、更多的乡土资源、更多的淳风民俗，她走得更朴素一些、更靓丽一些，也更真诚一些。

　　我们离开燕窝，回眸那对对双双的燕子，它们有的在树顶上盘旋，有的在新檐下亮翅，有的在田野上衔泥。那一声声呢喃，分明是春的絮语，是爱的嗫啾，是时代的音符。"旧时王谢堂前燕，飞入寻常百姓家。"这句诗道出的似乎就是眼前的情景，不过，这百姓家却已经不比寻常，跟城里相比，它宁静雅洁，地气

氤氲，天空蔚蓝，连溪流的歌喉都是清爽的；跟以前的村居相比，它脱颖而出，面目全新，"三清四通后，五化六福齐"。只要你想得到的，在这里就能做得到。我佩服这规划者，他们是大手笔，他们才是生活和时代的巨擘。

"自来自去梁上燕，相亲相近水中鸥。"聆听妙音，感受和谐，早就应该到燕窝来，到皖水上游来。

金山廊桥

　　兼容形象、旅游、娱乐休闲和购物四维功能的安徽岳西县金山廊桥坐落在县城中心的衙前河上,这座具有汉唐风貌的古典建筑刚刚建成,便吸引了四方游客以及市民的目光。这是该县一个既典雅又时新的风景标志,是一种独特的县城形象、一种全新的建筑文化、一个璀璨的商业亮点、一种崛起的思维态势。

　　金山廊桥一反我国古代木雕楼阁式构制，将现代建筑材料移用于古典悬山式建设，远望是楼阁，近观是商铺，行走时是桥梁，欣赏时是艺术；静听有淙淙流水之声，默想有金山银河之义。人头攒动中疑为《清明上河图》的再版，华灯初上时认作威尼斯商城的缩微。本地人把它作为自家的庭院槛阁，外地人则把它当成大开眼界的奇景。难怪安徽瑞鑫置业有限公司在谋划之始，即将其定位于"中国廊桥宽幅之最""安徽廊桥华贵之最""大别山人文景观之最""山城24小时不夜景之最"。大手笔的创意必将带来大商业的效应，这就不仅是一座概念上的桥了，而是一种符号、一种象征、一种思想结构的立体呈示。桥梁专家唐寰澄说过，桥梁本身的协调，是借助色、线、形、光影、虚实等之间的节奏和韵律，以及各种不同的比例和对称的处理方法，使得建筑的效果在人们的生理和心理上不断地反应而取得直觉和联想的精神因素，从而产生美感。金山廊桥的设计者正是深谙这一点，所以它能在大气中突出微观的审美效果，能在实用中兼顾地方文化特色，又能在仿古中体现现代气氛。它的每一根梁、每一支柱、每一扇窗，都是艺术的铺设和安排，楼层的参差交角，栏杆的衔接铆榫，乃至檐的飞动、梯的抬升，都能给人动静相宜、鲜活轻灵的感受。我们无妨说，一座桥就是一个城市的代言，就是一个时代的剪影。

金山廊桥被称为中国廊桥宽幅之最，全长 128 米，宽度达到 38.6 米，总建筑面积为 8000 平方米。第一层有 9 米双车汽车道和 2.4 米双行人行道，商铺外侧又有 2.7 米宽的景观人行道；第二层建有观景台及土特产经营区；第三层是商务会所、文化产品和高档茶艺展示区。文友告诉我，在文化艺术区，可以欣赏到陶瓷、书画、古籍和一些稀有的收藏品，书画院的高手们经常在这里聚会，而黄梅戏、高腔爱好者也能在此一亮歌喉，岳西文化，或者说文化岳西，已经在此初现端倪。

中国自古就有廊桥故乡之称，最古老的木制廊桥在浙江庆元，数量最多的廊桥在有"中国廊桥之乡"美誉的浙江省温州市泰顺县。泰顺一个小县境内竟有 36 座廊桥，占全国廊桥总数的三分之一，其中 15 座被列为国家重点文物保护单位。"廊桥"名称尚为年轻，历史上只称木架桥、虹桥或水上斗拱，直到 20 世纪 30 年代，著名古建筑史学家刘敦桢首次提出"廊桥"的概念，但当时并未引起关注。到了 90 年代，随着美国小说《廊桥遗梦》的畅销和同名电影的叫座，"廊桥"一词才被"激活"，变得广为人知，深为人爱。在国内，有一本叫《中国廊桥》的专著，上面的图片显示出浙东廊桥的美丽图景：静静地矗立着的廊桥像飞虹跨过美丽的溪流，掩映在参天大树下；斑驳的树影散落在朱红色的桥身、黑色的瓦片、白色的飞龙飞鱼上；夕阳朗照的小河，泛起簇簇橙黄，淡淡地笼罩在廊桥的周身，慢慢地飘散开去……

毫无疑问，大别山岳西金山廊桥带给观众的远不止这样的氛围，设计者试图让我们领略到由现代科技手段和古典文化内涵相结合所形成的优美境界，那就是触目即美，寸地流金，行走于桥，享受于心。

衙前河的治理强度在逐渐加大，一条涵玉流珠的山城河流不久就荡漾在花果山下、垂柳丛中，那时廊桥也就配得上"清河玉系腰"了。开发商决意打造一个精品、提升一档价值、追求一种品位、超越一世商儒的初衷将会如愿以偿。岳西人在繁忙的工作之余，徜徉这座艺术长廊，谈论的并不仅是大别山小吃和新鲜的土特产，而是这张岳西人自己的名片如何被外来者口诵心传，将岳西的知名度逐渐扩大，将山城的形象扮得更加光鲜夺目。

金山廊桥，从此使得山城夜未央。

看看栗林

看看栗林，原是我夏天早晨的必修课。

4点过一点儿，天正在放亮，这片栗林在晨光中清晰起来。鸟鸣也是从这里开始的，有名的是斑鸠，也有喜鹊，没名的是一些灰白色的形体比麻雀稍大的鸟儿。它们把栗林当成了乐园，自以为可以在此安居乐业。

其实不然。这片栗林眼看就要被挖掘机挖掉，而后成为一家工厂的房基。

这是一处非常幽静的所在，倘若可能，我愿意花钱把它买下

来，前提是不毁掉栗林。

30多年过去，我几乎忘记了我老家的那片栗林，虽然没有这里的环境好，没有临溪的潺潺，没有茂盛的生态，可我曾经在那儿快乐过，在那儿度过了我的少年时光。

现在，挖掘机的轰鸣已经强烈地震撼着我的耳郭，鸟雀们纷纷扇动翅膀，飞到高枝上，它们不知从什么时候学会了观察，然而它们还不能预知自己的命运。在乡下，鸟儿择枝而栖，一辈子不用担心被赶走，即使一棵大树被砍伐了，它们就近挪挪窝子，仍然可以安眠清阒暖宵梦。

这里不行。这是城郊接合部，就像容易扭伤的关节部位，会不经意间麻木地甚或疼痛地发生意外。已经有好多处了，都在一两个朝暮间突然失去了原貌，清秀的水竹林和茂密的香樟林竟不知不觉从眼皮底下蒸发了，留下大片泛着黄红色的宛若创伤血色的伤口，在阳光下让人惊悚莫名。

类似地，我曾留恋过一眼泉井，夏日清凌凌地冒出甘泉，凉丝丝地带着甜意；那股清凉从足下直漫向周身，连燥热昏沉的大脑也顿然清静宁谧。朋友约我冬天去舀取暖气弥漫的泉水洗脸洗澡，说是热疮疥疹都能治好。仲夏刚过，去那儿打听，早已填平了泉眼，只有一栋高楼矗立着，像一位傲立的大款，兀自不屑地睥睨着一切。朋友家也迁走了，这地方让给了一个企业单位，终日只有轰隆隆的机车声，以及停在外面的小车因庆贺的爆竹惊起的报警声。

我知道眼前这片栗林即将从这个世界上消失了，就像一个鲜活的生命，由于车祸或者脑中风，必然消失于一些人的叹息里，消失于另一些人的漠视中。

　　多好的栗树呀，它们正在开花，那种长条的缀着白色细花的蕊索，后面跟着青青的幼小果实；到了八月，我们称之为板栗，或者油栗，是餐桌上的珍肴，是炒锅里的馨香，是孩子们对整整一个夏秋的期盼。而栗木的板材也很珍贵，它坚硬，密致，耐腐烂，抗虫蛀。尤其是在水中，它十几二十年依然刚硬，是木料中摧不垮的硬汉。栗树上的鸟窝特别多，因而花期后，树上的虫子多给鸟吃了，秋后果子也就满满。一棵树一旦与鸟儿联手，是它明智的选择；一个人与树共处，怕不也是他聪明的依托？

　　可惜像奥尔多·利奥波德在《沙乡年鉴》里呼吁的"像山那样思考"的声息不是越来越清晰逼近，而是越来越模糊遥远了。看吧，挖掘机巨大的手臂一伸一缩，呼啦一声，接着呼啦一声，一棵又一棵高大翁郁的栗树倒下去，腾起的沙尘连同草叶在空中纷飞舞蹈，尖利的电锯马上把粗大的树干锯成若干段，把密密的枝丫剪成若干堆，铲车几趟就运走了全部的绿色，包括提前孕育的青果。

　　我发现，一个老人在远远的墙隅那儿擦着眼睛，一个孩子从他们的游戏中跑出来，对着挖掘机瞪大了双眼……

　　我在晚上打开了相机，再次看了一眼留在数字和光影里的那片栗林。不为别的，我只是要对着那么粗的树围估算一下，它们长到这个程度，需要多少年呢！

擂鼓看茶

醒来的时候，东方才泛出一丝鱼肚白。老郝说，天还早，我们去看看擂鼓尖的茶山，据说擂鼓茶全都分布在高寒地带，有一股奇妙的清香，嗅一嗅都让人五脏六腑清爽起来。我答应他，便一起上山，去做一回生茶客。

大约还是三年前，我应乡文化站张站长之托，组织一批民俗稿件，其中要收集整理一些民间传说和民间故事。因为擂鼓尖传为曹操击鼓进军之要塞，加之西山下面不远处的跑马岗、开饭坪和匀旗畈都是故事的发生地，所以我把这一带细细地走访了一遍，对擂鼓尖也多少有了一些了解。然而，擂鼓尖的茶，我对它实在生疏得很，且不说它的名气，就是应朋友所托购买茶叶，也绝对没有想到要买擂鼓尖的。

"我们现在说的擂鼓尖是指擂鼓的谷雨尖尖儿，也就是毛峰尖子。"我女儿的同学小苟很认真地说。她是在纠正我，不要单把擂鼓尖作为一个地名，虽然"尖"确是山尖，是大山里常用来做地名的标志，但是在这里，在说到茶的时候，你必得认定那是山里最好的头茬春茶——就像屯溪谷尖、天龙毫尖和武夷曲尖一样。

我们都是与茶有着亲密关系的人，终日手不释杯，虽然品不出苏东坡"小龙团月"的风味与情趣，但作为最便宜的兴奋剂，在写字作文之前来一杯还是很适宜的。老郝是一个率性之人，又常常诗情大发，据说他写的茶诗足有百首之多，还打算酝酿一个诗茶沙龙。别看大山里文化信息不通畅，文化活动相对贫乏，像老郝这样热心于文学艺术的人却不在少数，而且一旦钻进去几乎难以自拔。

现在呈现在我们面前的是擂鼓茶园了，一畦连着一畦，一带环绕一带，水平地铺展到山顶。中间一条笔直的小路，嵌着石级，护着扶栏，可驻足，可小坐，可回望那一坡碧葱葱的新绿。春景的极致当是朝阳初起，整个茶园笼罩在一片红光之下，雾散气清，茶棵仿佛打着哈欠醒来，彼此牵着手，促着足，衣袂摩挲，巧舌鸣雀，不用擂鼓，茶山之晨自个抖擞精神，描眉画目，每一棵茶树都亮出她的倩影仙姿。

茶园的顶上有一石，半间屋子大小，似一人前倾举手跃动之势。老郝问，那是曹操？我答，也许是吧。忽然想起一副关于擂鼓尖的旧对子：擂鼓尖头听雷鼓，勾旗畈下看云旗。擂鼓尖原作"雷鼓尖"，因其地势高，地形险，地貌奇，故早有"风伯雨师雷鼓云旗"在此造势的传言。如今莽荒被开发出来，斫古木，凿顽石，掩山湖，填故道，一座在地方志里煊赫有名的历史古迹已然变作云淡风轻、茶香袅袅的现代茶园。兴也，毁也？各有各的见地，评说纷纭，莫衷一是。

老郝叹了一声，说我们翻过山巅，去看那边有何风景。我说，不必了，那边山崖如削，一道大河扫脚而过，河那边全是田畈和人家，沟渠如织，大道相连，一个繁华天地。老郝听我这样说，越是想一看端倪的，拽也拽不住他了。

　　太阳暖暖地照在身上，几乎把自己也熏成了一棵春茶。等待老郝下山，或者等待茶姑茶娘们上山来，一睹她们开采春茶的喜悦。抬头之间看见曹操石似乎在动，是招手，是回眸，还是蹬足？看不真切。颇有趣的是，一个横槊赋诗的英雄，竟一个人孤零零地站在那里，看守着一片茶园，或者看守着"擂鼓尖"茶叶的牌子。这等巧趣，多少有点猪八戒回高老庄入赘之后做起了乡镇企业总经理的味道。也好啊，一专多能，适应社会，与时俱进嘛。

　　我不知老郝下得山来为何嘿嘿傻笑，莫不是他也发现了这一层奥秘？抑或是他刚刚在心中擂了一通鼓，现在正解气呢？

　　"回头买两斤茶叶带走，就冲着擂鼓尖的牌子！"老郝说。

　　"怕不是吧，你莫非又要在茶文化上做文章了？"我给他一个会意的微笑。

陪伴五羊

午饭后直接去了越秀公园。

导游告诉我们，来到广州不看五羊，不算真正到了广州。她说，五羊石雕是广州的城标，羊城的"羊"就在这里。

同行的游伴有的去了古城墙，有的去了佛山牌坊，还有的去了镇海楼，我独留在五羊石雕旁，仔细打量这件由五只羊组成的颇具特色的艺术作品。

老羊雄踞正中高处，口衔稻穗，凝眸远方。在它的呵护下，四只小羊环倚其下，其中一对母子羊神态亲昵，顾盼生姿，母羊慈祥地看着幼羊吸乳，目光里溢满无限爱意。整个雕塑浑然一体，动态毕肖，深沉蕴蓄，映衬分明。

看城雕看得多了，觉得都不外一些符号性的钢铁与石头，纵使是人像，也不过是当地的某个名人。但广州越秀公园里的五羊，倒是亲切得很。

五羊石雕的来由，源于一个传说。在 2000 多年前的周夷王时，广州这地方水天一色，遍地荒芜，居民艰难度日。有一天，天空忽然仙乐缭绕，彩光灼灼，有五位仙人骑着口含六束稻穗的五只羊飞临广州，把稻穗留给广州人，并祝愿这里年年五谷丰登永无饥荒，然后驾云腾空而去，座下之羊遂化为巨石。从此，广

州成了富庶之地，由此得名"羊城""穗城"。

　　陪伴在五羊身边，享受着夏日雨后的清凉，呼吸着公园里各种植物混合交融的馥郁气息，感觉到越秀公园是一方绿得化不开的翡翠。高大的榕树，挺拔的桉树，笔直的棕榈，从繁密的灌木丛和蕨类植物中脱颖而出，形成高低参差层次朗然的景观，越发把五羊石雕衬托得生机蔼然，呼之欲出。再回首，那只老羊仿佛正看着我，有不尽的话语要亲口授于我。它是要告诉我"五羊衔谷，萃于楚庭"的初衷，还是五仙观仙人足迹的真相，抑或是那只尚在吃奶的幼羊已经长大，正在和发展与跨越的广州城一起，笑迎四海宾朋，广纳五洲佳音？

　　一个城市有一个城市的旅游形象和人文特征。羊城的羊，以其祥和、美善、恩惠和亲昵，赢得了八方游客的敬仰与挚爱。感谢尹积昌、孔繁伟、陈本宗先生为我们创作了这件非凡的杰作，掐指一算，它正好与我同龄，已经走过了50年的南国烟雨。

　　陪伴五羊，差点让同行把我丢在广州。

从天悦湾出发

1. 衙前河

你再次流过这座县城时，是否还叫衙前河？

如果徐志摩会从这里走过，他一定还吟那句"那河畔的金柳，是夕阳中的新娘"。

布谷鸟鸣叫时，我正在一朵浪花里怀想我的先辈，他们从六家店走过，穿的是葛麻的草鞋。

你的被洪水淹没的蒿草，已经完全失去了记忆；你的不太圆滑的鹅卵石，不再述说一路坎坷。

我夜枕一条河，就像枕着一个熟悉的女子的手臂，那温润得有些颤动的触觉，总在雨声中苏醒。

我用文字筑起你的橡皮坝。我用目光梳理你的水草。我一个人站在河堤上，为你守望那一抹残月。

静静地流淌着的是天堂的水声，清清地倒映着的是洗衣女子姣好的面庞。你的笑靥被一支棒槌击碎，正如我的梦被一滴墨水染蓝。

2. 花果山

偎山五年，没有和一棵树说过一句话，默然走过山岔口，望见南园，望见鹤林。

这里汇聚着最年老的大树——松，桦，樟，栗，除了鹭窝，没有我的一只巢。

有一天，一个贫穷的画家来到这里，他要画一幅《鸣春图》，谁知这个春天却把他永远嵌在了那浓浓的翠色中间。因此，身着缟素的鹭鸶，如今还没有脱下那身素服。

我看见过的紫薇花最红的是花果山下的那一株，像当年红遍上海滩的影星胡蝶，像当下红遍大江南北的歌星或者影星，像一篇小说《没有纽扣的红衬衫》。

这里没有水帘洞，甚至没有一条溪流；这里只有安静，好几片竹林里，住着风，住着露，住着怕吵闹的老年人的惦念。

黄昏在这里是一卷老手稿，翻翻，不只是记忆，还有一种陈年的味道。又有一天，一个时髦的诗人来到这里，他可是要写一首梨花体的，结果连杏花也没写出来。

花果山如果改建成公园，我将把我的坟墓迁走。

3. 金山城

我又来到了金山城，在这里安一个家。

这里有一个别庄酒楼，里面摆设着五谷杂粮，唯独缺一穗小粟。我答应一个叫汪瑶的女孩，为她从甘肃弄来一株小米，但是甘肃太远，而金山城太近。

这里还有一个山货大市场，金针木耳黄花菜，包括我胡诌的一些山货，拉拉杂杂，散发着并不新鲜的山水气味。

这里还有一个金山宾馆，我们只在元旦那天来这里吃过一顿饭。我知道从金山到银河也很远，我常常到银河饭庄小坐。金山太富丽，待不住我骨子里的穷酸。

最后说说金山城的一个哑巴。他聪明至极，除了语言之能以外，他几乎什么都会。他养了七八条狗，他用不同的单音节跟那些狗对话，狗们对答如流。他收破烂，手里始终拿着一根铁条钩子，我觉得那钩子都能把夕阳钩起来。

哑巴不是一个人，他分明是一个符号，就像作家是一个符号一样。

4. 金太阳

"金太阳"是一座建筑。

在我们这个县城，目前除了天际大酒店，就数"金太阳"高，18层。在第11层，住着我的一位朋友，我们忘记了他姓什么，平常只喊他"金太阳"。

那座桥就连着金太阳，车水马龙的日子里，我们背负着贫穷的太阳，并不企望金太阳能给我们带来好运。至于那里的娱乐会馆，是有钱人发泄的地方；我们在河边溜达，时而唱着"贫穷听着风声也是好的"，偶尔在梦中碰见聂鲁达。

也不能说"金太阳"于我们一点意义都没有，它起码是一个参照，比如打车到"金太阳"，就是说到王炳节牙科所，就是到天圣宾馆或者百威大酒店，就是到一个人少的彩票点。

金太阳，金太阳。当你连续喊上两遍的时候，你的喉咙里就会有金属的锐音，那是你的财富，任何淘金者都淘不去。

5. 观音楼

梵音像蝌蚪一样拖着尾巴，在中午的光中游弋；木鱼紧闭着眼睛，它看不见自己的来世今生。

我也一样，看不见自己命运的螺纹。叩首，在蒲团上怀想自己成了神以后，人间那些无关痛痒的琐事，眼珠不再转动——神

是死亡的注解。

哪一本经书上，写着苦难在人类心灵中的快乐？肌肤上的疼痛，一如一张纸烧在青铜香炉里，袅袅青烟就是世间的过眼烟云。

不知道这道门槛是否曾被人捐过，不知道这楼阁上的风铃响自哪个清晨。二月十九，六月十九，九月十九，是观音菩萨的三个生日。我今年很幸运，竟然有两个生日，今年农历闰四月。

生日这天，我在观音楼捞起一只蝌蚪，我多么希望它"蛙声十里出山泉"啊！

然而，松涛漫上来时，只有杜鹃开得殷红如血。

6. 天悦湾

天悦湾，圣母的臂弯。

我第一次到这里，是为了洗心。用禅宗的清空，用温泉的慈惠，用山色的碧翠，洗心。

我第二次到这里，是为了收心。心性放牧得久了，需要驱赶回来；心之形役不是一朵驯服的云，除了山水和禅的训示，它往往难以停伫匆忙的脚步。

我第三次到这里，完全是由于放心。我不是说天悦湾一尘不染，不是说她超凡脱俗，我是说开发出这方天地的人首先是从心灵出发，行经菩提林和达摩岭，唱着禅诗禅偈和法眼文益的妙曲，到达大别的圣水灵山，给众生指出了一处灵魂皈依的圣境。天悦湾不仅仅是一个花香鸟语的所在，她是神的心房仙的心室，她是一滴空灵、一脉造化，她是另一部《六祖坛经》或者《蓝本易经》。

天悦湾其实离我们每一个人都很近，就像太阳和月亮，就像梦幻和祈祷，就像缘。当你和一切都无缘了，你还有天悦湾，天悦湾也有你。

那天，我离开天悦湾时，目光停在一片初夏的树叶上，和一只蜻蜓一起，我们翩翩起舞。原来，一个凡人的情和性、心和思，都是可以起舞的，只是，除了天悦湾，谁肯告诉我？

秋入逗雨庐

渐近秋末，换了一个居处，时逢秋雨滋润着久旱的土地，看着雨丝从檐前飘逸而下，就将居室取了个俗名，叫"逗雨庐"。不久，小城里8位诗友纷纷赠诗并请书法家写好条幅予以装裱，亲自挂到我的墙上。8幅字，各有风格；8首诗，俱有情韵。此后朋友来访，首先便是欣赏这两面墙，都说有一种金秋的淡雅和闲居的意趣。

我喜欢近体诗，加之小城里有三个诗社，诗友如云，往来唱和也多。这次赠诗的八老中年龄最长者刘川源先生，是老年大学的常务副校长，写得一手好诗，古文功底特别深厚。他以"梅"为题，赠我一绝，隐喻着我的人生经历与个人追求。"风饕雪妒花犹艳，岁岁迎春报喜来"是对我的祝福，也是对我的叮咛。号为遏云楼主的余永刚先生则为我赋以"松"，其中有"浑身磈砢沧桑证，但教长材大厦肩"语，也是说我的一段坎坷。伫云楼主张泽润先生赠诗曰："伫立新檐逗万丝，遥看蕉叶绿参差。幽斋静夜书香溢，斗酒高吟七步诗。"他那天来小斋闲坐，一抬眼就看见了大门对面拆迁处遗留下来的一丛芭蕉，故而有了"蕉叶绿参差"这样鲜活的句子。

有朋自远方来，不亦乐乎？响肠惜字亭诗社社长吴传根先生以"竹"为题，赐佳作一绝："醉舞柴门绿拥枝，隔窗弄影梦迟迟。高标劲节君知否，尽在冲霄不折时。"居处竹子确实不少，有毛竹、斑竹，还有大片的水竹。开我西边一扇窗，半坡上满是密密的水竹，夹杂在丛茅密槎中间，分外碧翠；开我南面两窗，就是邻居家的竹园，高挺的毛竹比肩继踵地向我窗前趋踊，真个欣逢不问主，滴露在他家。吴先生尚没有来过小斋，他何以知道周围全是竹子？也许从我的习作里他早已发现我的爱好，知我与竹结缘已久了。书画、诗词、装裱兼擅的方济生老题咏的是"兰"："九畹芳丛晓露寒，闲情写照展冰纨。应从风度推王者，岂独幽香足以传。"为了不辜负方先生的雅意，我将原居地养了三年的一株黄庸先生送我的翠兰带过来，摆在门首的栏下，门里诗文门外兰，自是相得益彰了。《岳西诗词》主编王业记先生每有佳作我都得以先睹为快，这次他赐诗"题逗雨庐书室"写得尤其巧妙，不仅将我的名字嵌了进去，而且还把拙作《笔底天蓝》也安置其间："清景无边静里观，秋风梧叶感轻寒。西窗剪烛耽文藻，活水源头笔底澜。"这让我想起了他的另一首《咏农家》："底事躬耕乐未央，农家风味自偏长。短蓑挂处眠烟雨，小犊归时下夕阳。犁碎春泥都是沃，醉残村酿尚余香。园蔬瓜果寻常有，鸡黍肥烹待客尝。"诗中"眠""下"用得真是恰到好处，韵味无穷啊。

我的家乡在青天，此地有明山寨、响水崖、擂鼓尖、九河、石河等景点，我在一些诗文中都曾提及过。在我家乡任职的汪宜龙先生，也欣然命笔："题补书斋为慕贤，果然风雅叶如荃。明山毓秀钟文胆，逗雨丝飞绿绮弦。"虽溢美过誉，然新颖的句子令人耳目大开。惜字亭另一位领导吴清霖先生一首《为逗雨庐补壁》结合我的职业特点，句句生花："我夸粉笔化春功，君逗庄

生问草虫。冷雨热风吹字老，新庐每每起秋鸿。"我是十分喜欢这一首的，尤其喜欢"吹字老"，它让小斋有了笃定的精神寄托。

逗雨庐，顾名思义，跟雨玩玩儿，然后在小斋里写些难以流传的文字，以供文朋诗友或感兴趣的人添些谈资。顺便说明，那天搬家及至，邻居有一位哑巴正在秋雨中收获庄稼，他见我们鞭炮齐鸣，人声喧阗，也凑上若干"哑诗"。虽然大家都不懂，但是从逗雨的本事来看，应该非他莫属。

秋入逗雨庐，闲斋起翰墨，幸甚！

草鞋岭

　　我回到草鞋岭的时候，天正在下雨。下雨的草鞋岭只能是一幅铁画，软硬相谐，虚实相生，那些凸起的部分是坡上地块、田埂和树梢的云絮，还有野花；剩下的隙白则是天空、远山和缥缈的烟岚。

　　一些孩子像刚孵出的鸟雀，瞪大眼睛惊疑地看着这世界，他们不认识我，我也不认识他们——我只记得牛背上一年四季穿着黑短裤的八哥，老檀树上翘尾喳喳叫的喜鹊，放置犁耙的老库房瓦檐下的燕子。时光在老人的脸上泛着古铜色，在孩子们的眼眸里滴着青嫩的汁液；雨水在新桑上寻找落脚点，风吹过三月的麦田。

　　草鞋岭的一方古墩据说是草鞋耳朵，其实是乱坟杂陈的地方。埋在这里的最后一个人是我的少年伙伴小芹，由于患了胆道蛔虫症而耽误延医，第二天早饭后她突然息了气，午饭前就埋在了墩子后面。出身富农的小芹的爸爸是生产队的会计，那时已是家徒四壁，集体的那把枣木算盘没有给他带来一点积蓄，女儿死去，老伴精神恍惚，弟弟还在劳改农场……因此，这是我看到的草鞋岭最后一个出售草鞋的人家。甚至，我还能用少年的嗅觉隐隐闻见古墩子那儿幽幽的葛藤或者紫藤散发出来的气息。

　　葛藤的叶子是蒸粑的优良笼垫儿，葛藤的花是紫色的，大多开在四月。七月半的葛藤最好用，柔韧而劲道，经得住捶打和搓揉，

就像久经磨砺的人的性子。红藤我是后来才认识的，三出复叶，藤茎褐红色，极为坚韧，藤条漫长，同葛藤一样，都是制作草鞋的优良材料。草鞋岭出过一个医生，名字就叫红藤，后来学名改为红腾，至今仍返聘在当地一家卫生所当药剂师。据说他的祖父打草鞋的手艺了得，速度之快，一顿饭工夫可以打出三双草鞋来。

　　我的文学启蒙最早应该归功于那条关于草鞋的谜语。那也是老会计打的，严格说，是他吟唱出来的。在草鞋岭，没有多少文化人，徐姓和叶姓都是内迁户，算不得十足的"土著"。常年在外疲于奔命的我们的祖辈，就是这条谜语里描绘的形象：秋前青，秋后黄，扭扭捏捏配成双。有耳不闻钟鼓响，有鼻不闻桂花香。主人带我行千里，忽然绷断肚和肠。随手抛到大路外，从此不带我回乡。老会计唱得拈腔入调，别样凄楚。我父亲说，草鞋也有一条命啊。于是，我童年在外面走着，在山上打柴，在河里捞沙，在蜡烛尖驮杉树，总要将烂草鞋带回家来，交给父亲在火堆上烧掉，就像母亲捡到字纸，必要在灶膛里烧掉一样。那时，我的眼里全是生命，我不会轻易踩死一只蚂蚁，不会将一粒饭吐在地上，不会糟蹋一朵南瓜花或野棠梨花，不会用手指指着月亮，甚至在睡前必要将鞋尖指向床榻……生命在冥冥中灵动，在三尺之上的头顶窥伺着你，以至于我将懵懂的宿命意识寄寓在杀鸡、剖鱼和屠猪这样一些年节事情的预兆上。那年二屠户来家杀猪，捅了三刀还没死的年猪就成为我母亲噩梦的根由，正好翌年父亲患病住院，术后就没再起床。乡下的一个屠户或者一个铁匠篾匠都是无师自通的卜者，他们会把一件异事说成逸事，说得活灵活现、神乎其神。我在其间受着那种教育，不知是开启了灵殿智府，还是蒙上了庸尘愚秽。二屠户曾经无比后悔地说过，当初要是立即在猪身上盖上油毡，那就让它马上断魂了。给我父亲打制棺材的孙木匠若干年后对我的三婶说，当初砍木做棺材时觑定第一块木楔飞出去就已知道家主存寿不长……

生命是一条细小的河流，日子是一程隐约的阴晴。草鞋岭八九户人家，三四个姓氏，源头都来自江西瓦屑坝。这里的"岭"活在人们口中，一直与曹操有关。曹操手下一支军队败于孙权兵部，溃逃之际沿路遗留一尺八寸长的烂草鞋，使对方误以为北地人高马大，蛮力无穷，遂不再驱赶。不过有一点我还是相信，草鞋岭曾经有过几位巨型身躯的前辈，诸如我的祖父、我的二表爷，还有那位八十多岁新出满嘴牙齿的培秀老爹，都是一米九几的个子。身躯高大强健的先辈在草鞋岭遗留下了高田坝、杉树林、大排梯地和枣湾干塘，保证了他们以及后代由食不果腹到"大锅吃了羊肉面，饿肚也能过荒春"。

说说塘吧。枣湾干塘原来是一口水塘，水是生存的命脉，塘是一个自然村落资源的象征。我很小时，塘里还漫溢着清泉水，有鱼，有虾，有鳝，有鳖。秋虾被捞起来，晒干，红得耀眼；黄鳝粗如擀面杖，身上有着大的斑点；塘边沙滩上叉鳖，是范老爹的拿手技艺，他的腰上缠着个网兜，上街时里面总装着两只肥鳖，有时换了烟丝酱干，有时卖得几块小钱。"斤鸡马蹄鳖。"范老爹常这样说，意思是仔鸡长到一斤正是滋补的时候，鳖儿长到马蹄大小吃起来正当其时。我就纳闷儿，范老爹培秀公八十多岁长出满嘴新牙，是否与他经常吃鳖有关。有一次我带水产局的朋友到枣湾去看干塘，他说这里原先有水，是水塘，信；然而这里有鳖，尚须待考。是啊，就像草鞋岭如今已简化成草岭，丢了那只"鞋"，娃儿们全然不认识草鞋了，何况草鞋岭呢？

扯开来说，我的村庄名"月形畈"也没了，地图上注着"青天村"，其间还用过"仓园"一名的。每次回乡，听到老人念叨"月形""月形大屋""月形桥"的，我都感到亲切。这很像一个人的乳名，它不会长大，也不会老去。而我的故乡成了只有学名而没有了乳名的地方，我的那些埋在草鞋岭的祖辈父辈，我在新修的宗谱里已经很难找到他们，在地图上更是踪迹难寻。

下在草鞋岭的雨也很有意思。夏天午后，南面五斗峰开始布云，渐次弥漫到半山腰，到罗汉肚，到砂石包。一阵凉风过后，星星点点的雨珠打在瓦屋顶上，打在芭蕉叶上或者塑膜的猪棚上，继之如筛，如泻，如泼，沁凉的稻禾气息、萍藻气息和水竹气息扑面而来。男人坐在大门槛上看雨，女人坐在小趴凳上搓麻（别以为是搓麻将，那是麻索），大黄狗在男人女人中间快活地摇着尾巴。由这里看出去，雨雾朦胧中，山露着尖顶，岩闪着光亮，天泛着半青……草鞋岭的下午湿润，凝重，翁郁，带着生命的气色和眼神。

说起这些，对于年轻人而言，无异于自言自语着一段童话。

夔门崖上马

　　夔门天下险，凡是到过重庆市奉节县长江三峡起点的人都知道。这里两岸的岩壁刀劈斧凿一般，让大山直立起来了，真正说得上傲岸。长江急匆匆从脚底下扭过脖子，像倔女子一甩飘拂的长发，直冲三峡。当年任夔州刺史的诗人刘禹锡有一首著名的《竹枝词》，生动地描绘了这里人的生活情景：山上层层桃李花，云间烟火是人家。银钏金钗来负水，长刀短笠去烧畬。其中"云间烟火是人家"状写夔门一带的奇形胜迹可谓十分精当。我们登上夔门大桥时已经是上午十点钟了，但是所见景象仍然裹在白雾缭绕的朦胧里，只有滔滔江水像一条腾跃的巨蟒，一次次把我们的目光拽向峡谷深涧。

　　我们看见了野性的长江，也看到了凶险的夔门，这是在三峡大坝蓄水之前。

　　上山的路极其窄小，多呈之字形，隐在葱茏的树木之中。仰望高处那灰白色的房子，心里有一种神异的感觉，那是白帝城。城下有一处比较空阔的地带，此时聚集了很多人，围成一个圆圈，像在看一场表演。等我们挤到里面去，才知道那儿有一匹马，马身上披红挂彩，额头还顶戴着一朵大红花。原来这里是让游客骑马照相的。

那马白色，看起来年轻，也很高大，缰绳攥在一个中年女人的手里。凡是骑着它照相的游客只要付过了两块钱，就可以把它拉到空地外边的栏杆旁，再跨上马背留下一个让人提心吊胆的镜头，因为栏杆外边才称得上是"一夫当关，万夫莫开"的绝境。这当然只是景点的管理者在故弄玄虚，只要马儿不跨过栏杆，一点儿危险也没有——何况那绳子就紧攥在主人的手里，那马怕也早就失去了它的野性。

一个又一个，男男女女都骑上它做出了不同姿势的造型，后来照片出来我发现的确非同凡响，下面是万丈深渊，上面是白城轮廓，背后是夔门峡口，旁边是树木森森，手中的红缨马鞭，好像迎风刺刺作响。可惜胯下那马太过于温驯，斯文得就像一只老年家犬，头抬不起，蹄甩不开，尾软搭搭，眼睛也是眯啦啦的。这就是夔门崖上的马？这只是一座会赚钱的肉凳啊！

后来游过了许多地方，没再从原路回去。我唯独记着悬崖上的那匹马，想象着它太过于疲惫的神情和单调的步子，为它感到委屈。头脑里划过一个可怕的念头，我想那马要是某一天突然激动起来，或是暴怒起来，从主人的手里挣脱了缰绳，跨越低低的栏杆，驮着游客向下飞去，那可就出大新闻了。这也并不全是幻觉，因为那马鞭子就举在它的身后，甚至有的游客胆大，骑在马背上还用双脚踢腾着马的肚子，而生为驰骋疆场的桀骜物种，一旦本性还原，撒开四蹄也不是没有可能。

然而这仍然只是幻想，要知道那匹马早被拘囿惯了，既定的习惯永远不会使它大胆地迈开一步，哪怕你用鞭子抽它、用脚尖踢它……

阅读汪祠

　　2005年7月6日，这一天应该算是大山里最热的一天。高温熏得人恹恹欲睡，趣味蔫然。幸好来榜镇政府张主任邀约了村干部沈文书和汪委员，用两部摩托车载着我们径直奔赴王湾，去看汪家祠堂，总算在绵软里提起了我的兴致。张主任说，汪家祠堂的木柱楹联可谓别具一格，浑然大气，是我们这里现存木刻楹联为数不多的珍品，再不抢救，几近湮灭，实在可惜了。

　　汪祠我知道的不止一个。坐落在青天乡青天村的汪祠是国共和谈的纪念遗址，现保存完好，不时对外开放。而位于王湾的汪祠，我倒是第一次听说。到了所在地，发现王湾是一个非常富庶的自然村落，以茶桑经济领头，兼及农业种植、饲养和中药材。这片优质土壤上鳞次栉比地矗立着崭新的楼房，房顶一色亮丽而闪眼的琉璃瓦，一溜排的太阳能热水器。如果通村路修得再宽阔一些、周到一些，这里不啻又一处新发现的世外桃源。听说今年桃子格外丰收，要是早来两周，纯朴的村民一定会奉上绝对无公害的大红水蜜桃。

我们不会仅仅为了吃桃子而来，我们是来阅读汪祠的楹联的。

有意思的是，汪祠居然坐落在王湾，这本身就是一个悖论的两姓易趣现象。听说我们是来看祠堂的，汪姓一下子赶来了许多人，有豁牙瘪嘴的老太太，有被阳光晒得黑红黑红的年轻媳妇，有活蹦乱跳的娃子。祠堂的大门永远敞开着，后进的墙垣也无收关，看来这个祠堂虽然只有八九十年历史，却坍塌得厉害；又因为做过几十年的小学教室，这就更加使得它难以完整。你看，前檐井廊上方的木刻偶像，那一对人头竟然不知去向，剩下的身躯神态风姿却依然精妙绝伦，栩栩如生。面对这么精致的雕刻，我们尽量往好处想，我想那一对人头定然完好无损地保存在爱惜它的人手中，由于朝朝暮暮地爱抚和玩赏，它也许更显得鲜朗润泽，富有神采了吧。

想欣赏竖柱楹联并不是一件容易事，柱子上抹着泥尘，粘着蛛网，糊着标语，缀着鸟粪，甚至有的地方被柴堆塞着，被墙砖堵着，被烂板压着。村镇领导端来盆子，借来刷子，拿来凳子，搬来梯子，赤膊挥拳地干着，发誓要把字迹发掘出来。他们忙活着，让我们先来看看额枋下面的绘图和款识。这是位于祠堂正屋前厅二阶两侧的墙体装饰，正反兼有，一共四块。在由青砖砌成的20个小方格里，在经石灰粉刷得洁白的平面上，用黑墨绘有不同的典故画面，如曾子听教、文王访贤、六出祁山、八仙过海等。人物情态各异，构图疏密有致。上端小方框里书有"灵山苍苍""山高水长""谈笑有鸿儒，往来无白丁"以及梅兰竹菊荷苑凤翎等水墨画。如果说这些水墨画还只是雕虫小技，那么柱子上的双钩木刻之楹联则让人叹为观止。

多么艰难的清理，多么美观的书法！两位村干部朋友汗如雨下，却满是一脸的欣慰，毕竟我们为这楹联而来，现在就要见到庐山真面目了。

汪祠一共有三进，前面一重和第二进中厅保存较为完好，后进不复存在。巨大的木雕梁、檐廊柱、枋额斗拱和匾额插牌横陈于水沟草丛中，令人扼腕，叫人长叹。中厅存有四副楹联，分别为楷书、行书、草书和瘦金体双钩阳凸，字体态势各异，笔力雄健老到，分别叙述或称颂着汪氏越国公自周朝以来分支别派的荣耀家史。前柱联为：

溯源由钟泽村而来忠原开基后嗣精英堪继武
建祠于公界山之麓规模宏敞先人灵爽得凭依

中厅中联为：

由周而来数千年受姓锡爵封公代有声名昭国史
迁岳至今三百载修德行仁讲义家传彝训振纲常

中厅后柱联是：

培根固本饮水思源冀后人浸炽浸昌百世箕裘恢令绪
元气长存先灵不爽缔祖庙以妥以修千秋俎豆荐蒸常

中厅后界柱联为：

自颍川受姓以来先祖是皇九十代英灵在上
由越国封公而后子孙有庆五百年藩世挺生

汪祠在建筑文化方面的确有许多值得保留的地方，其主体雕刻据传出自一位徐姓木匠之手，想来这徐木匠应该是一位杰出的艺术家，要想对他追根究底，那就只好借助徐氏宗谱了。

出得大门来，再一回头，却没看到大门边据说是更为精妙的楹联，它已经被水泥抹平，改为平常学校贴门对子的条块；现在学校又迁走了，不知谁家的孩子用粉笔在上面歪歪扭扭地写着："风声雨声读书声声声入耳，家事国事天下事事事关心。"稚拙的笔迹使破败的祠堂仿佛又添了寿数，一如顽皮的孩子扯着爷爷颔下的胡须。

小城来了一匹骆驼

　　我是在上午九点多的时候看到这匹骆驼的。它由一个高个子的西部老乡牵着，从西街向东街走去，走得并不慢——骆驼和人。"老乡"固然是亲切的称呼，其实他是一个外方佬，不谙口音，也没有听到他说话。他的鞭子藏在身子侧边，他的目光就是鞭子，他的脚步也是鞭子。

　　那骆驼很高大，比老乡高出三个头；那骆驼也很肥硕，驼峰高耸而圆敦，一走一闪，一走一闪，仿佛它把乳房长在了背上。金色的绒毛，在冬天的太阳下，给人更多的暖意。驼绒，哦，我所见到的最真切最厚密的驼绒，就在这匹骆驼身上，就在我的眼前。我想伸出手去摸一摸，却怕它发怒。它沉默地响着粗重的鼻息，我怕它喷我，于是离远了。它步履稳健，走在小城洁净的大街上，那么多目光齐觑着它，那么多声音在说着它，它一概视而不见，置若罔闻；它走在老乡的后面，他们两个是去赶一个集会，还是去做一笔交易呢？没有人知道。

　　我设想我是坐在它的背上的，在两个驼峰之间，在那肥硕又宽厚的山脊上，一闪一闪，一顿一顿，我简直把自己装扮成了一个西部来客，仿佛和老乡约好了的，要去赶一个集会，或者做一笔交易。我扶住骆驼的前峰，抵住骆驼的后峰，放眼一看，小城原来这么小。这些小城里的人啊，哪里见过真实的骆驼呢？

　　驻足流连了好久，直至它消失在城东的红绿灯下，我才继续去做我的事。毕竟，小城来了一匹骆驼，这给小城带来了生气，带来了话题。几个小孩远远地跟了去，他们对于骆驼的新奇感，胜过所有的成人，就像我前几年去看毛驴，听说小城开了个乡村毛驴火锅店，我们都去看宰杀毛驴，结果只有一头灰不溜秋的瘦小毛驴系在一棵树下，作为招牌，引诱食客，其余的毛驴（肉）都是从外面运进来的。只有这匹骆驼，在孩子们的眼中，是鲜活的，是高大的，是四肢健全的。寂寞的小城，偶尔来一匹骆驼、一头毛驴，抑或一只狼，都可能唤醒一些疲倦的眼睛。一个只有人流和车流的地方，终究会困顿下去，一如一条胡同，需要酒香

把它喊醒，需要花香把它领回春天。

小城来过一匹骆驼。我告诉朋友，他们不信，骆驼来这干吗？骆驼就该跋涉在沙漠和荒原上，驼铃就该响在风沙和黄尘之间。朋友打趣我，骆驼跟你都说了些什么？我无语，其实骆驼也无语，它走过小城是真实的，我看见也是真实的。真实往往最容易虚假，道理很简单，因为虚假往往最显得真实。

骆驼的印象依然十分清晰地保留在我的脑海里。我看到它的那一刻，许多人都凝眸驻足，许多车子都给它让道。他们似乎都在发出疑问：骆驼来我们这个小城干吗？它是路过，还是抵达？疑问挂在人们的脸上，蹄音响在人们的心中。

可以断言，这匹骆驼是一位不倦的行者，从老乡的打扮上，我推测他们已经走过了相当远的路程。老乡没有骑在它的背上，它的背上什么也没有，一件行李是老乡背着的。孤洲远路伴行客，骆驼的眼里当满是理解和感激。

小城，给他们行一个注目礼吧，哪怕你不知道他们从何而来，向何而去，他们从这儿走过，这道影子是挥之不去的。你我走过了多少城市，在那里留下了或长或短的影子，可是，有谁会注目呢？